MW01608934

Wang Chong

De la mort

Traduit du chinois,
présenté et annoté
par Nicolas Zufferey

Gallimard

Ces textes sont extraits de *Discussions critiques*
(Connaissance de l'Orient, série chinoise, n° 96).

Le « De la mort » et les deux essais qui l'accompagnent sont tirés des Discussions critiques (Lunheng) *du penseur chinois Wang Chong (27-97?), qui vécut durant la grande dynastie impériale des Han (206 av. J.-C. - 220 apr. J.-C.), homologue oriental de l'Empire romain.*

Wang Chong connut une vie relativement effacée. Il naquit près de l'actuelle Shaoxing (province du Zhejiang), et y passa la majeure partie de son existence ; il étudia peut-être à la capitale de l'époque, Luoyang. Il ne connut guère de réussite dans sa carrière de fonctionnaire, d'où peut-être le sentiment d'échec et le pessimisme qui transparaissent dans de nombreux passages de son œuvre.

Dans l'état actuel, les Discussions critiques *sont une somme de 85 essais traitant d'une multitude de sujets recoupant l'essentiel des connais-*

sances et débats de la Chine antique ; l'œuvre est d'ailleurs volontiers considérée aujourd'hui comme une sorte d'encyclopédie sur la pensée et les mentalités à l'époque Han. Une des plus grandes originalités des Discussions critiques *est le ton polémique de leur auteur, dont le but principal est la « lutte contre les erreurs ». Wang Chong attaque le conformisme de ses contemporains et le respect exagéré manifesté à l'égard des sages du passé ; il s'en prend aussi aux superstitions de son temps, aux croyances et aux peurs courantes concernant le « surnaturel », ainsi qu'à l'usage excessif de théories cosmologiques interprétant tout événement extraordinaire (une catastrophe naturelle, une éclipse, etc.) comme un avertissement céleste. Il fait le plus souvent preuve d'un remarquable bon sens, et peut s'appuyer sur une érudition immense pour venir à bout des arguments de ses adversaires.*

Au plan doctrinal, Wang Chong se rattache assez mollement au « confucianisme » (le mot n'existe pas à l'époque), même si Confucius (551-479 av. J.-C.), qu'il admire par ailleurs, n'échappe pas toujours à ses critiques. Mais ce penseur atypique est également influencé par d'autres courants de pensée, et principalement par la « théo-

rie *du* yin, *du* yang *et des Cinq Éléments »*.
D'après cette doctrine, les êtres et les choses entre-
tiennent entre eux des relations plus ou moins fortes
selon le genre (yin/yang) ou le principe auquel ils
se rattachent. Wang Chong brocarde les excès de
cette théorie, mais il ne remet pas en cause l'idée,
fondamentale en Chine ancienne, d'une union
essentielle entre les choses en raison de leur parti-
cipation au qi, *ce souffle ou fluide universel qui est*
à l'origine de tous les êtres, qui entre dans leur com-
position lorsqu'ils prennent forme matérielle, et
auquel ils retournent une fois morts.

On peut caractériser la pensée de Wang Chong
comme une sorte de rationalisme, voire de scepti-
cisme (même si ces mots n'ont guère d'équivalent
en Chine ancienne) ; cet esprit apparaît fort bien
dans les trois essais sur la mort présentés ici. Les
historiens marxistes ont parfois qualifié d'« athée »
la position de Wang Chong sur ce sujet et, même
si le mot est anachronique, il est frappant de cons-
tater à quel point nombre de ses arguments, par-
delà les siècles et les distances, demeurent pertinents
aujourd'hui et peuvent interpeller l'homme de ce
début de troisième millénaire.

En Chine ancienne, Wang Chong fut beaucoup

admiré pour son érudition et son esprit critique, mais il fut aussi stigmatisé pour avoir osé s'en prendre à Confucius, et aussi en raison d'un chapitre autobiographique (non traduit ici) dans lequel il présente ses ancêtres sous un jour peu favorable. On l'accusa de manquer ainsi de piété filiale, crime majeur dans la société traditionnelle. À l'époque moderne, et notamment en République populaire de Chine, les jugements sur Wang Chong furent globalement très positifs ; toutes les histoires de la pensée chinoise, que ce soit en Chine ou en Occident, lui consacrent aujourd'hui une bonne place.

Les trois traductions ci-dessous sont tirées du recueil : Wang Chong, Discussions critiques (Gallimard, coll. Connaissance de l'Orient, 1997), qui propose 14 essais de Wang Chong.

NICOLAS ZUFFEREY

DE LA MORT

(Lun si)

(62)

La mort occupe une place importante dans le Lunheng, *puisque, directement ou indirectement, plusieurs chapitres sont consacrés à ce thème ; nous proposons ci-dessous la traduction de trois de ces chapitres. Ces pages ont, en outre, un rôle particulier dans l'esprit de Wang Chong, si l'on en croit le passage suivant : « Dans mes deux traités sur la mort, espérant éclairer mes lecteurs et encourager à plus d'économie dans les funérailles, je montre que le mort perd toute conscience, qu'il ne peut se changer en fantôme : cela ne témoigne-t-il pas de l'utilité du* Lunheng ? » (Ch. 84).*

Comme l'indique donc Wang Chong lui-même, son intérêt pour le problème de la mort obéit à des considérations plus pratiques que purement philosophiques. En Chine ancienne, la piété filiale ainsi que les croyances en une survie après la mort impo-

saient aux survivants du défunt des funérailles coûteuses, voire ruineuses. Dans le chapitre 67 (« Pour
des funérailles simples »), Wang Chong dénonce
d'ailleurs à la fois l'attitude, selon lui contradic-
toire, des disciples de Mozi (les moïstes), qui s'opposent au faste des funérailles tout en croyant en
une forme de survie après la mort, et celle des
confucianistes qui, bien qu'ils ne partagent pas
cette croyance, insistent sur la nécessité de rites
funéraires importants.

D'un point de vue plus proprement philoso-
phique, on notera l'importance du concept de qi
dans le « De la mort », et spécialement la grande
souplesse de cette notion : les auteurs chinois utili-
sent le mot qi pour désigner, d'une part, l'énergie
fondamentale, immatérielle, qui est à l'origine de
toute chose (les « fluides », les « souffles »), et,
d'autre part, des manifestations beaucoup plus
concrètes de cette force, comme, par exemple, l'air
chaud ou froid, ou celui que nous respirons, les
odeurs, l'haleine ou la respiration humaine, la
vapeur, voire le « poison solaire »... Cette diversité
sémantique pose un insoluble problème pour le tra-
ducteur : doit-il varier les traductions (« fluides »,
« souffles », « air », « vapeur », « odeur », etc., selon

les cas), et ainsi oublier que c'est toujours du même mot chinois, qi, *qu'il s'agit ? Ou, au contraire, renoncer à traduire, et de la sorte compliquer la tâche du lecteur ? Dans ce chapitre, nous avons choisi de traduire le mot, mais pour ne pas occulter complètement l'unicité fondamentale de l'une des principales notions de la pensée chinoise ancienne, nous rappellerons en note qu'il s'agit à chaque fois du* qi.

À un disciple qui l'interrogeait sur la mort, Confucius aurait répondu : «Vous ne comprenez pas encore la vie, comment voudriez-vous connaître la mort ?» ; et si l'on en croit le Shiji *de Sima Qian, alors que sa fin était proche, le «Premier Empereur détestait parler de la mort, et personne dans son entourage n'osait aborder ce sujet». Que ce soit par prudence devant l'inconnaissable, ou par peur devant l'inconnu, le thème de la mort est donc volontiers éludé en Chine ancienne. Wang Chong y consacre, lui, plusieurs chapitres, et sa réflexion sur le sujet est l'une des plus lucides et des plus cohérentes de la tradition chinoise.*

§ 62/1

Les gens prétendent qu'à leur mort, les hommes se transforment en revenants doués de connaissance et capables de nuire aux vivants. Mais on peut prouver par [la méthode des] genres, en examinant les autres créatures [1], que les morts ne se transforment pas en fantômes, ne sont pas doués de connaissance, et ne peuvent nuire.

Comment le prouver ? En examinant ce qui se produit chez les [autres] créatures : l'homme est une créature, les [autres] créatures sont aussi des créatures, or, les [autres] créatures, lorsqu'elles meurent, ne se transforment pas en revenants. Pourquoi l'homme serait-il le seul, une fois mort, à se transformer ainsi ?

Si les gens distinguent les hommes des créatures par le fait que celles-ci ne se transformeraient pas en fantômes, le problème de savoir si les humains peuvent, quant à eux, se transformer en fantômes n'est pas résolu pour autant.

---

1. La méthode des genres (*lei*) : c'est-à-dire en raisonnant par analogies. Par «créatures» (*wu*), Wang Chong désigne ici les êtres vivants (plantes, animaux) qui, du fait qu'ils naissent et meurent, appartiennent au même genre que l'homme.

Et si on ne peut distinguer les hommes des autres créatures, rien ne permet de conclure que les hommes peuvent se transformer en fantômes.

§ 62/2

L'homme vit grâce aux fluides subtils, il meurt lorsque ceux-ci se dissolvent [1]. Les fluides subtils dépendent du sang. À la mort, le sang s'épuise, les fluides subtils se dissolvent, le corps se putréfie et devient poussière : que reste-t-il donc, qui puisse se transformer en fantôme ?

Sans yeux et sans oreilles, l'homme ne peut connaître, et ceux qui sont à la fois sourds et aveugles ne diffèrent guère de simples végétaux. À plus forte raison lorsqu'il est dépouillé de ses fluides subtils, ce qui est bien autre chose que la seule privation de la vue et de l'ouïe !

[À la mort, le corps] se putréfie, se défait, devient difforme, méconnaissable, et c'est à ce moment-là qu'on parle de fantômes et d'esprits :

1. « Fluides subtils » : *jingqi*; plus bas, Wang Chong utilise les synonymes *shenqi*, ou même *jingshen* (ce mot désigne, en chinois moderne, l'esprit, en tant que siège de la pensée), expressions que, faute de mieux, nous avons traduites par « fluides spirituels ».

les fantômes qui apparaissent avec un corps ne sont donc certes pas les fluides subtils des morts. Pourquoi ? Parce que par « fantômes » et « esprits », on désigne [au contraire] quelque chose de diffus, d'invisible. À la mort, les esprits subtils montent vers le ciel, tandis que les os retournent à la terre ; voilà pourquoi on parle de fantômes et d'esprits. Les fantômes, c'est ce qui retourne [à la terre] ; les esprits, c'est ce qui est diffus et sans forme [1].

Selon certains, les revenants et les esprits sont deux autres noms pour les fluides *yin*, d'une part, les fluides *yang*, d'autre part [2] : les premiers s'opposent à la vie et font retourner [à la mort], on parle donc de « fantômes [3] » ; les seconds tirent vers la vie, et, pour cette raison, on parle

1. L'idée de Wang Chong, c'est que les apparitions à forme humaine ne peuvent trouver leur origine dans les morts, puisque ni le corps, qui perd peu à peu sa forme pour redevenir poussière, ni les esprits subtils, qui n'ont pas de forme, ne peuvent être à l'origine de cette forme. Wang Chong oppose ici deux conceptions différentes sur les *gui* : « ce qui retourne à la terre », d'une part, les apparitions spectrales des défunts, d'autre part, et utilise la première pour réfuter la seconde.

2. *Yinqi, yangqi* : soit le *qi* fondamental sous ses deux formes agissantes, créatrice (*yang*) et destructrice (*yin*).

3. Jeu de mots entre *gui*, « fantôme », et *gui*, « revenir ».

de *shen* : *shen*, c'est « étendre », « étendre sans fin [1] ». Lorsque le cycle est fini, tout recommence. Les fluides spirituels donnent naissance aux hommes, lorsque les hommes meurent, ils redeviennent fluides spirituels. Les fluides *yin* et *yang* s'appellent aussi « revenants » et « esprits », et on nomme de la même manière les hommes, une fois ceux-ci décédés.

Il en est des fluides qui donnent naissance à l'homme comme de l'eau qui devient glace : l'eau, en se solidifiant, devient glace, et les fluides, en se coagulant, forment [le corps] humain ; à la mort, l'homme redevient fluides spirituels, tout comme la glace redevient eau [à la fin de l'hiver] : on parle à nouveau de fluides spirituels, de même que la glace reprend le nom « eau » lorsqu'elle a fondu. Mais voyant qu'on utilise des mots différents, [« hommes » durant la vie, « fluides spirituels » après la mort,] les gens s'imaginent que les fluides spirituels sont [à eux seuls] capables de connaissance, d'appa-

---

1. Autre jeu de mots entre les caractères *shen*, « esprits », et *shen*, « étendre », « tirer », homophones et, semble-t-il, graphiquement interchangeables aux débuts de l'écriture chinoise.

raître sous forme [de fantômes] et de nuire [aux vivants]. Mais tout cela est sans fondement.

§ 62/3

Les fantômes ont la même forme que les êtres vivants : cela montre bien que les fantômes ne sont pas les fluides subtils des morts. Comment le prouver ? Par comparaison avec des sacs pleins de millet ou de riz. Des sacs remplis de riz, ou de millet, sont solides et se tiennent bien, ils sont bien visibles : [même] de loin, on reconnaît qu'il s'agit de sacs de millet ou de riz. À quoi les reconnaît-on ? À la forme des sacs et de leur contenu. Mais, une fois percés, ces sacs perdent leur contenu, s'effondrent et se ratatinent : de loin, ils seront méconnaissables. Les esprits subtils sont contenus dans le corps humain comme le riz ou le millet dans les sacs. À la mort, le corps se putréfie, et les fluides subtils se dispersent, tout comme le riz et le millet s'échappent des sacs déchirés. Une fois qu'ils ont perdu leur contenu, les sacs n'ont plus de forme : lorsque les fluides subtils se sont dispersés, comment pourrait-il y avoir encore un corps, comment pourrait-il y avoir encore quelque chose de visible ?

La chair des animaux morts se décompose complètement, seule leur peau subsiste, et peut servir à confectionner des vêtements qui [portés] ont l'apparence de l'animal : ainsi, on verra des voleurs se faire passer pour des chiens en portant des vêtements faits de la peau de ces animaux, et demeurer inaperçus, détournant les soupçons grâce à leur déguisement. [Mais] lorsque l'homme meurt, sa peau se décompose : même en admettant que les fluides subtils ne se soient pas [encore] dissipés, quelle [dépouille] emprunteront-ils pour prendre forme et devenir visibles ? Car les morts ne peuvent pas plus emprunter le corps des vivants pour apparaître, que les vivants ne peuvent emprunter les âmes spirituelles [1] des morts pour disparaître.

Les six espèces d'animaux domestiques [2] ne peuvent se métamorphoser et prendre forme

---

1. Les âmes spirituelles (*po*) : il s'agit des âmes les plus subtiles, les plus légères, par opposition aux âmes *hun*, plus lourdes, plus grossières. Ici, le mot *po* renvoie aux fluides spirituels (*shenqi*), aux fluides subtils (*jingqi*).

2. Le cheval, le bœuf, le mouton, la poule, le chien et le porc.

humaine que si leur corps vit encore, et si leurs
fluides subtils sont encore présents. Une fois
morts, leur corps se corrompt et, seraient-ils
hardis et combatifs comme des tigres ou des
rhinocéros, ils ne pourraient quand même pas
se transformer. Lorsque Gong Niu'ai de Lu,
malade, se transforma en tigre, il n'était pas
encore mort. S'il arrive parfois dans le monde
que des corps vivants se transforment en
d'autres sortes d'êtres vivants, on ne voit par
contre jamais de corps morts se métamorphoser
en formes vivantes.

§ 62/4

Depuis que le Ciel et la Terre se sont séparés, depuis [l'âge du] Souverain Humain[1], les
morts, qu'ils soient décédés à la fin de leurs jours
ou prématurément au milieu de leur existence,
se comptent par milliards. Ils sont donc beaucoup plus nombreux que les vivants d'aujour-
d'hui, et si les morts se transformaient en
fantômes, nous devrions tomber sur des fan-

---

1. Le Souverain Humain (*renhuang*) : le premier homme et le
premier souverain, selon la mythologie.

tômes à chacun de nos pas ! Et ceux qui, sur le point de mourir, sont sujets à des apparitions, ne verraient pas seulement un ou deux fantômes, mais des milliers, qui se presseraient dans les maisons et les cours, qui encombreraient les rues et les chemins !

On dit que le sang de personnes mortes à la guerre donne des feux follets. Le sang, c'est [la forme que prennent] les fluides subtils durant la vie. Mais les feux follets aperçus la nuit n'ont pas forme humaine, ils sont flous, ramassés, et ressemblent par leur éclat à des feux [ordinaires]. Ces feux follets produits par le sang des morts n'ont donc pas la forme de gens vivants : pourquoi les fluides subtils libérés [à la mort] auraient-ils quant à eux forme humaine ?

Il est donc douteux que les fantômes ressemblant à des défunts soient produits par ceux-ci. Certains fantômes ont d'ailleurs l'apparence d'êtres [encore] vivants : il arrive en effet que des malades disent des fantômes qui leur apparaissent qu'ils ressemblent à un tel, qui n'est pas encore mort. Si les morts étaient le résultat d'une transformation des morts, comment expliquer que ce soient des personnes vivantes qui apparaissent à ces malades?

§ 62/5

De par leur nature, le Ciel et la Terre peuvent allumer de nouveaux feux, mais non pas ranimer des feux déjà éteints; ils peuvent faire naître des hommes, mais non pas les faire revivre une fois qu'ils sont morts. Le Ciel et la Terre ne peuvent pas ranimer des feux éteints, et donc je doute que les morts puissent reprendre forme [humaine] : le fait que des feux éteints ne puissent pas être ranimés montre donc clairement que les morts ne peuvent pas se transformer en fantômes.

Les gens pensent que les fantômes sont les esprits subtils des morts. Mais, si c'était vraiment le cas, les fantômes devraient apparaître complètement nus, et non pas tout habillés. Pourquoi cela? Parce que les vêtements ne possèdent pas de fluides subtils. Lorsqu'une personne meurt, [ses habits] se décomposent avec son corps : comment [son fantôme] pourrait-il s'en revêtir?

Les esprits subtils résident principalement dans le sang, qui est constamment lié au corps [durant la vie] ; lorsque le corps se corrompt, si les fluides subtils demeuraient [ensemble au lieu de se dissiper], on pourrait [à la rigueur] croire qu'ils puissent se transformer en fantômes [et redonner l'illusion du corps]. Mais les vêtements sont faits de soie ou d'autres tissus, ils ne sont pas en contact avec les fluides sanguins durant la vie et ne possèdent pas non plus par eux-mêmes de tels fluides. Une fois décomposés, les vêtements disparaissent donc complètement avec le corps : comment pourraient-ils d'eux-mêmes reprendre leur ancienne forme de vêtements [pour habiller le fantôme] ? Les vêtements [du fantôme] ressemblent à ceux [du mort,] et le corps [du fantôme] ressemble à celui [du mort]. De cette [fausse] ressemblance, on peut conclure que [le fantôme] n'est pas formé par les fluides subtils du mort[1].

---

1. Le texte est ici corrompu, et difficilement compréhensible. Mentionnons deux autres possibilités d'interprétation : 1. « C'est la ressemblance des vêtements [du fantôme] avec le défunt qui donne l'illusion de la ressemblance entre le fantôme et le mort. [Mais] de

§ 62/6

Les morts ne peuvent pas se transformer en fantômes, et, donc, ne sont pas non plus capables de connaissance. Comment le prouver ? Par le fait qu'avant la naissance, on n'est pas doué de connaissance. Avant la naissance, l'homme se confond avec les fluides originels [1] ; une fois mort, il y retourne. Les fluides originels sont vagues et diffus, et les fluides humains se confondent avec eux. Avant sa naissance, l'homme n'est pas capable de connaissance, et à sa mort, il retourne à cet état originel de non-connaissance. Comment donc pourrait-il y avoir perception [après la mort] ?

Si l'homme est doué de perception et d'intelligence, c'est parce qu'il a en lui les fluides des Cinq Vertus [2], mais ceux-ci dépendent à leur

---

cette ressemblance [des vêtements, qui est impossible à expliquer], on peut conclure que [le fantôme] n'est pas formé par les fluides subtils du mort. » 2. « Ce qui vaut pour la ressemblance des vêtements vaut pour la ressemblance du fantôme avec le défunt : cette ressemblance [doit s'expliquer autrement et] prouve que [le fantôme] n'est pas formé par les fluides subtils du mort. »

1. Les fluides originels (*yuanqi*) : soit les fluides à l'état indifférencié, avant qu'ils ne se condensent pour engendrer les créatures.

2. Les Cinq Vertus (*wu chang*) : soit les vertus cardinales du confucianisme, à savoir la bienveillance (*ren*), la justice (*yi*), la poli-

tour des Cinq Organes qui sont dans son corps [1].
L'homme préserve son intelligence tant que ces
organes sont intacts ; mais, une fois ceux-ci
atteints, il sombre dans la confusion — c'est-à-
dire qu'il devient stupide. À la mort, les Cinq
Organes se putréfient, et les Cinq Vertus se
trouvent privées de tout support : le siège de
l'intelligence est détruit, et ce qui formait cette
intelligence quitte [le corps]. Le corps a besoin
de fluides pour se former, et les fluides ont
besoin d'un corps pour qu'il y ait intelligence.
On ne trouve pas dans le monde de feu brûlant
de lui-même [sans se nourrir d'un combus-
tible] : comment donc les fluides subtils, privés
de corps, seraient-ils par leur seule force
capables de connaissance ?

§ 62/7

La mort est [en un sens] comparable au sommeil, et le sommeil ne diffère lui-même guère

---

tesse (*li*), l'intelligence (*zhi*), et la fidélité (*xin*). L'homme est intel-
ligent, respectueux, moral, parce qu'il possède les fluides de ces
vertus en lui.

1. Les Cinq Organes : le foie, le cœur, la rate, les poumons, les
reins.

de l'évanouissement. L'évanouissement peut donc se comparer à la mort. [D'ailleurs,] si quelqu'un ne se réveille pas après une perte de connaissance, c'est qu'il est mort. Reprendre connaissance après un évanouissement, revenir [à la vie] après la mort, voilà qui ne diffère donc guère du [fait de s'éveiller après un] somme : le sommeil, la perte de connaissance et la mort sont [de ce point de vue] une seule et même chose.

Or le dormeur ne peut se souvenir de ce qu'il faisait éveillé ; de même, donc, le mort ne peut se souvenir de ce qu'il faisait de son vivant. Quoiqu'on dise ou fasse à côté d'une personne endormie, elle n'en a pas conscience ; de même, le mort n'a pas conscience de tous les actes, bons ou mauvais, que nous accomplissons à côté de son cercueil.

Le dormeur n'a pas perdu ses fluides subtils, son corps est intact, et, pourtant, il est incapable de perception, alors à plus forte raison le mort, dont les fluides subtils se sont dissipés, et dont le corps s'est corrompu !

§ 62/8

Si celui qui a été victime de coups et de blessures peut se rendre auprès des magistrats pour se plaindre, c'est parce qu'il est doué de conscience. En cas de meurtre, il arrive parfois que l'on ne connaisse pas le nom de l'assassin, ni l'emplacement du cadavre : si les morts étaient doués de connaissance, ils devraient, poussés par le ressentiment contre leur assassin, aller trouver les magistrats, donner le nom de leur agresseur, ou [au moins], rentrer chez eux pour informer leur famille de l'endroit où est resté leur cadavre ! Mais ils ne le peuvent pas, ce qui prouve bien que les morts ne sont pas doués de connaissance.

Des morts seraient capables de plonger des vivants dans un état d'inconscience et de parler à leur place ; des médiums en habit de cérémonie feraient descendre les âmes des morts, qui s'exprimeraient par leur bouche. Tout cela est absurde. Ou bien, il s'agit [simplement] de la manifestation des fluides subtils de quelque être [vivant, mais en aucun cas des fluides d'un mort].

[C'est que,] selon certains, les morts [seraient doués de conscience, mais] incapables de parler. Mais s'ils ne peuvent pas parler, alors ils ne sont pas doués de connaissance non plus, car la connaissance, tout comme la parole, a besoin de fluides.

Avant de tomber malade, l'intelligence et les fluides subtils sont bien équilibrés, mais la maladie engendre des troubles [de l'intelligence et] de l'esprit. Or la mort, c'est le stade extrême de la maladie. Si la maladie, qui est beaucoup moins grave que la mort, suffit à engendrer de tels troubles, alors, à plus forte raison, lors de stades extrêmes [comme la mort]! Troublés, les fluides subtils ne sont déjà plus doués de connaissance, alors à plus forte raison lorsqu'ils se sont dissipés!

§ 62/9

La mort, c'est comme l'extinction d'un feu. Éteint, celui-ci ne produit plus aucune lumière; mort, l'homme n'est plus doué de connaissance. Les deux phénomènes sont semblables, et ceux qui, discutant cette question, affirment que les morts sont capables de connaissance, se trompent. Entre un homme qui va mourir, et un feu qui va s'éteindre, quelle différence ? Le feu éteint, ne demeure que la bougie ; l'homme mort, ne demeure que son corps : dire que les morts sont capables de connaissance, c'est croire qu'une bougie éteinte peut donner encore de la lumière.

§ 62/10

Au plus fort de l'hiver, ce sont les fluides glacés (*hanqî*) qui l'emportent, et l'eau se cristallise pour devenir glace. Au printemps, les fluides se réchauffent, et la glace fond. La vie humaine est comme la glace : les fluides *yin* et *yang* se cristallisent et forment les êtres humains ; une fois leur vie achevée, ceux-ci meurent et redeviennent fluides. L'eau du printemps ne peut redevenir glace : comment l'âme pourrait-elle reprendre une forme ?

§ 62/11

Un mari et sa femme, tous deux jaloux, vivent sous le même toit : si l'un des deux

sombre dans la débauche et entretient des relations illicites, il s'attirera la fureur de l'autre, et
entre eux éclateront conflits et disputes. Que le
mari meure, et que son épouse se remarie ; ou
au contraire, que ce soit elle qui meure, et que
son époux se remarie : si [le défunt] était doué
de conscience, ne devrait-il pas enrager contre
son conjoint ? Mais le défunt se tient coi, et nul
malheur ne frappe celui qui se remarie : autre
preuve que les morts ne sont pas capables de
connaissance.

§ 62/12

Confucius enterra sa mère près du mont
Fang. Une pluie torrentielle fit s'écrouler le
tumulus. À cette nouvelle, Confucius, en
larmes, dit : « Les Anciens ne réparaient pas les
tombes. » Et il ne fit pas réparer la tombe de sa
mère. Si les morts étaient doués de conscience,
ils seraient forts mécontents de voir leurs
tombes laissées ainsi à l'abandon. Confucius,
sachant cela, se serait précipité pour réparer celle
de sa mère, et s'attirer ainsi les bonnes grâces de
l'âme de celle-ci. Mais il ne fit rien, en sage qui

comprend les choses, sachant que les morts ne sont pas doués de perception.

§ 62/13

Lorsque des os desséchés sont abandonnés dans la campagne, on entend parfois des cris et des appels. Si c'est la nuit que s'élèvent ces lamentations, on dit qu'il s'agit des voix des morts, ce qui est faux[1]. Comment le prouver ? En observant la façon dont les vivants parlent, appellent, ou soupirent : c'est grâce aux souffles contenus dans leur bouche et leur gorge, aux mouvements de la langue, à l'ouverture et à la fermeture de la bouche, que l'on peut parler. On peut comparer cela avec le fait de jouer de la flûte. Lorsque la flûte est brisée, l'air qu'elle contenait se dissipe, les mains n'ont plus [de trous] sur lesquels jouer, et aucun son n'est produit. Le tuyau de la flûte peut se comparer à

---

1. Plusieurs interprétations sont possibles ici, selon le sens que l'on donne au mot *ruo* (que nous avons traduit par « si »), par exemple : « on entend des cris et des appels, ou bien, de nuit, des lamentations », ou encore : « on entend des cris et des appels, un peu comme des pleurs [d'enfants ?] la nuit ». Toutes ces lectures sont grammaticalement correctes.

notre bouche et à notre gorge, la main sur les trous de la flûte, aux mouvements de la langue [lorsque nous parlons]. À la mort, la bouche et la gorge se putréfient, la langue ne peut donc plus se mouvoir : comment le mort pourrait-il encore parler ? Si des os desséchés peuvent à l'occasion pousser des gémissements, c'est en raison d'une caractéristique qui leur est propre [1].

Certains sont d'avis que [ces gémissements] sont le fait de [fluides] délétères. Mais cette explication ne diffère en rien de la précédente, qui interprétait ces gémissements comme les lamentations de fantômes durant la nuit : car ces fluides délétères devraient [eux aussi] se fonder sur quelque chose pour produire des sons.

Parce que ces sons se produisent à côté de squelettes abandonnés, les gens prétendent que ces squelettes sont doués de connaissance, et se plaignent dans les campagnes. Mais les corps

---

1. Le sens de cette phrase n'est pas très clair : Wang Chong songe-t-il au craquement des os séchés par le soleil, ou déformés par le gel ? Ou pense-t-il vraiment que les os puissent gémir d'eux-mêmes ? De manière typique, il n'approfondit pas la question : ce qui l'intéresse ici, c'est simplement de montrer que ces gémissements ne peuvent être le fait de fantômes.

desséchés dans les prairies et les marais se comptent par milliers : leurs lamentations devraient
donc accompagner chacun de nos pas !

§ 62/14

On peut [parfois] faire parler une personne
qui ne parlait pas, mais il est impossible de
rendre la parole, après sa mort, à une personne
qui parlait [de son vivant]. On retrouve la même
impossibilité chez ces plantes qui sont vertes
lorsqu'elles poussent, couleur qui leur a été donnée [par la nature], mais qui, à leur mort, perdent leur couleur [comme si] elle leur avait été
reprise. Ce vert que la plante avait reçu, une fois
qu'il lui a été enlevé, est perdu : on ne peut pas
le lui redonner, et elle ne peut pas le retrouver
d'elle-même. Sons et couleurs obéissent aux
mêmes principes, ils sont reçus du Ciel. Il en est
donc des gémissements [des morts] comme de
la couleur verte [des plantes] : celles-ci ne pouvant recouvrer d'elles-mêmes leur couleur, il est
absurde de croire que les morts puissent d'eux-
mêmes recouvrer la parole.

§ 62/15

Si l'homme peut parler, c'est grâce à la force de ses fluides, et la vigueur de ceux-ci dépend de la nourriture et de la boisson qu'il consomme. Lorsque la nourriture et la boisson manquent, les fluides vitaux s'affaiblissent, la voix se casse, et lorsqu'on est épuisé à ne plus pouvoir manger, on ne peut plus parler du tout. La mort étant un épuisement total [des forces], comment [les morts] seraient-ils capables de parler?

À quoi l'on me rétorque que les morts sont capables de parler parce qu'ils se nourrissent des effluves des mets qui leur sont donnés en offrande. Mais les [fluides] subtils des morts ne diffèrent pas de ceux des vivants. Or, si un homme vivant ne mange pas et se contente d'inhaler des effluves de nourriture, il meurt de faim dans les trois jours!

« Les fluides des morts sont plus spirituels que ceux des vivants, voilà pourquoi les morts peuvent parler en ne se nourrissant que d'odeurs », me rétorque-t-on. Les fluides des vivants sont dans le corps, ceux des morts, hors du corps : [cela à part,] en quoi les fluides des morts diffèrent-ils de ceux des vivants ? Que ces fluides soient dans le corps ou à l'extérieur de celui-ci, quelle différence ? L'eau qui remplit un récipient diffère-t-elle de celle qui s'est répandue sur le sol, une fois le récipient brisé ? Ce n'est pas le cas : alors pourquoi les fluides échappés du corps se distingueraient-ils des fluides contenus dans le corps [avant la mort] ?

§ 62/16

Les morts ne se transforment pas en fantômes, ils ne sont pas doués de connaissance, ils ne peuvent pas parler : ils sont donc incapables de nuire aux vivants. Quelles preuves en donnerai-je ? Pour se mettre en colère, un homme n'a besoin que de ses souffles, mais pour faire du mal à autrui, il utilise sa force, qui présuppose des muscles et des os ; de la sorte seulement, notre homme sera fort et pourra s'attaquer à autrui. Un homme en colère aura beau être fort comme Meng Ben ou Xia Yu[1], s'il se contente de hurler et de cracher son haleine à la face des

---

1. Meng Ben, Xia Yu : deux personnages de l'époque des Royaumes Combattants, réputés pour leur force.

gens, il ne pourra leur faire de mal [uniquement] avec ses souffles. Mais qu'il étende la main ou lève son pied pour frapper, et il brisera tout ce qu'il touchera! À la mort, les os sèchent, il n'y a plus de force musculaire, bras et jambes ne bougent plus; même si les fluides subtils ne se sont pas encore dissipés, ils ne peuvent pas plus que les hurlements d'un homme en colère : comment pourraient-ils donc nuire à autrui?

Les hommes et les animaux peuvent blesser avec les objets coupants qu'ils ont en main, ou grâce à leurs dents et griffes tranchantes. Une fois morts, leurs mains se décomposent et ne peuvent plus tenir de lame; leurs dents et griffes se défont et tombent, elles ne peuvent plus déchirer. Dans ces conditions, comment les morts pourraient-ils blesser les vivants? À sa naissance, l'enfant possède des mains et des pieds complets, mais ses mains ne peuvent pas saisir les choses, et ses pieds ne peuvent frapper; ses fluides viennent de se rassembler, et, pourtant, [l'enfant] n'est encore capable d'aucune force! On voit par là très clairement que les fluides ne possèdent pas de force. Lorsque les fluides sont dans un corps, que ce corps est faible, ils ne peuvent nuire à autrui, alors à plus forte raison chez un mort, lorsque les fluides se sont perdus, lorsque la force vitale n'existe plus ! Si [déjà] un corps affaibli ne peut faire de mal à autrui, comment donc des os desséchés le pourraient-ils ? Parce que les fluides n'auraient pas quitté son corps ? [Mais même ainsi,] comment pourraient-ils nuire ?

§ 62/17

Avant d'être couvé, l'œuf de poule ne contient dans sa coquille qu'une masse informe ; si l'on brise la coquille, cette masse apparaît comme de l'eau. Une fois l'œuf couvé, le corps [du poussin] se forme, et après seulement, il peut donner des coups de bec et de pattes. À la mort, l'homme retourne à l'état de masse informe : comment les fluides de cette masse informe pourraient-ils faire du mal à autrui ?

Ce qui rend l'homme fort, et [donc] capable de nuire, c'est ce qu'il mange et boit : ce n'est que s'il consomme en suffisance nourriture et boisson qu'il sera suffisamment vigoureux pour s'attaquer aux autres. Malade, l'homme ne peut plus manger ni boire, son corps maigrit et s'affaiblit, et si cette situation s'aggrave trop, il meurt. Une personne très malade ne peut pas appeler au secours lorsqu'un ennemi survient, ni empêcher un voleur d'emporter ses affaires, parce qu'elle est sans forces. La mort, c'est l'état extrême de l'affaiblissement des forces : comment un défunt pourrait-il donc nuire ?

Lorsqu'on vole à un homme une poule ou un chien, il enrage, et ce, même s'il est plutôt couard et peu robuste ; parfois, sa colère est telle qu'il ira jusqu'à tuer son voleur. Lors de désordres [et de famine], il arrive que des gens se mangent entre eux. Si celui qui a été dévoré était doué de conscience, il devrait chercher à se venger. [En effet,] on attache beaucoup plus de prix à son propre corps qu'à une poule ou à un chien, et être tué est beaucoup plus grave que de se voir dépouiller par un voleur. Le fait que celui qui a été dévoré ne se mette pas en colère, alors que la victime d'un simple vol enrage, prouve bien que les morts ne peuvent nuire aux vivants !

Avant sa mue, la cigale est encore une larve. À la mue, elle se sépare du cocon de la larve et prend la forme d'une cigale. Dirons-nous que les esprits subtils quittent le corps du mort à la manière dont la cigale quitte le cocon ? Mais la cigale ne peut pas nuire à la larve, alors, comment les esprits subtils des morts pourraient-ils nuire aux corps des vivants ?

§ 62/18

Il est difficile de comprendre ce que sont les rêves. Selon certains, ils seraient des images fastes ou néfastes produites par les esprits subtils qui séjournent dans le corps. Selon d'autres, ils s'expliqueraient par la rencontre entre les esprits subtils vagabondant [hors du corps du dormeur] et d'autres êtres. Admettons [la première hypothèse,] selon laquelle les esprits subtils demeurent dans le corps [du rêveur] : alors ils doivent de la même façon demeurer dans le corps après la mort [et donc ne peuvent nuire à autrui]. Admettons [au contraire] que [les rêves s'expliquent] par le vagabondage [des fluides hors du corps] : mais lorsqu'un homme rêve qu'il tue une personne, ou est tué par elle, et que l'on examine son corps ou celui de sa victime le lendemain [au réveil], on ne voit aucune évidence de blessure causée par un couteau ou une arme ! Ces esprits subtils qui vagabondent de la sorte lors des rêves ne diffèrent pas de ceux du mort : s'ils sont incapables de blesser autrui dans les rêves, comment le pourraient-ils après la mort ?

Lorsque le feu brûle, le [contenu du] chaudron bout ; lorsque le bouillonnement s'arrête, la vapeur cesse : tout dépend du feu. Lorsque les esprits subtils sont furieux, ils peuvent faire du mal à autrui, dans le cas contraire, ils ne le peuvent pas : tout comme le feu se déchaîne dans le foyer et, par là même, provoque ébullition et vapeur, les fluides en colère dans la poitrine excitent la force [physique] et échauffent le corps. Mais, à l'approche de la mort, le corps est froid, un froid qui augmente et devient extrême jusqu'à ce que survienne le décès : au moment de celui-ci, les esprits subtils ne sont donc plus en colère, et après la mort du corps, ils sont comme la soupe versée du chaudron [et que plus rien n'agite] ; [ne pouvant plus être agités par rien,] comment les fluides subtils pourraient-ils donc nuire à autrui ?

§ 62/19

Lorsque l'homme entre en contact avec [les fluides subtils] de [certains] animaux, il devient fou ; si l'on sait quel animal est la cause de la maladie, et si l'on soigne le malade en conséquence, il peut guérir. C'est seulement lorsque l'animal vit encore, lorsque ses fluides subtils ont un corps sur lequel s'appuyer, qu'ils peuvent ainsi, à la suite de transformations, entrer en contact avec les hommes ; une fois mort, le corps de l'animal pourrit, les fluides n'ont plus rien sur quoi se fonder, ils ne peuvent plus se transformer. Les fluides subtils de l'homme ne diffèrent pas de ceux de ces créatures. Les fluides de celles-ci peuvent nuire lorsqu'elles sont vivantes, mais, une fois mortes, ils se dispersent et disparaissent. [Pour ce qui est des fluides,] l'homme ne diffère donc pas des autres créatures, ses fluides sont détruits à la mort : comment donc pourraient-ils nuire ? Quant à l'hypothèse selon laquelle l'homme l'emportant sur les autres créatures, ses fluides subtils doivent être différents, [je répondrais qu'elle ne vaut pas] car, en fait, les animaux peuvent se métamorphoser alors que les hommes en sont incapables, ce qui implique au contraire que les fluides subtils [humains] ne valent pas ceux, bien plus extraordinaires, des animaux[1].

§ 62/20

[Il faut de] l'eau pour se noyer, du feu pour se brûler. Les choses qui peuvent faire du mal appartiennent toutes aux Cinq Éléments : le fer blesse, le bois frappe, la terre étouffe, l'eau noie, le feu brûle. Si, à la mort, les esprits subtils se transformaient en une substance participant de l'un de ces cinq éléments, alors ils [pourraient] nuire ; comme ça n'est pas le cas, ils ne peuvent pas faire de mal : car ils ne sont pas des choses, mais des fluides.

Si certains fluides peuvent faire du mal, ce sont les fluides *taiyang*, qui sont empoisonnés ; si, à la mort, les fluides humains se transformaient en fluides *taiyang*, ils pourraient faire du mal ; comme ça n'est pas le cas, ils ne peuvent rien.

---

1. Allusion ici aux animaux qui muent.

§ 62/21

Notre discussion a donc montré que les morts ne se transforment pas en fantômes, qu'ils ne sont pas doués de connaissance, qu'ils ne peuvent nuire aux vivants ; par conséquent, les apparitions de fantômes ne sont pas causées par les fluides subtils, et il est donc clair que lorsque des gens sont blessés [par des fantômes], ce n'est pas du fait des fluides subtils des morts.

INVENTIONS
À PROPOS DE LA MORT

(Si wei)

(63)

Ce chapitre est la continuation du chapitre précédent, sur un mode un peu plus lâche.

§ 63/1

Selon les textes, le roi Xuan de la dynastie des Zhou ayant injustement fait tuer son ministre Du Bo, celui-ci lui serait apparu lors d'une chasse, à gauche du chemin, un arc de couleur rouge à la main : il aurait tiré une flèche sur le roi, qui se serait écroulé et aurait expiré sur son carquois[1].

---

1. Le roi Xuan : roi des Zhou occidentaux, il régna de 827 à 782. Selon le *Zhou chunqiu*, l'une des concubines du roi aurait tenté de séduire Du Bo, mais en vain ; elle aurait alors accusé le ministre de la poursuivre de ses assiduités. Le roi aurait fait exécuter Du Bo, malgré l'intercession très appuyée de Zuo Ru, un ami de Du Bo. Avant sa mort, Du Bo aurait annoncé qu'il tuerait le roi lors d'une chasse, trois ans plus tard.

Le duc Jian de Yan ayant injustement fait tuer son ministre Zhuangzi Yi, celui-ci serait apparu alors que le duc passait la porte du camp ; avec le bâton rouge qu'il tenait à la main, il aurait frappé le duc, qui serait mort sous son char.

Ces deux exemples nous sont donnés comme preuves que les morts se transforment en fantômes, que les fantômes sont doués de conscience, et peuvent nuire aux vivants. Sinon, comment expliquer ces histoires ?

§ 63/2

Je réponds que l'homme naît parmi les autres créatures, que celles-ci, une fois mortes, ne peuvent se transformer en fantômes : pourquoi l'homme serait-il le seul à pouvoir se transformer de la sorte ? Serait-ce parce qu'il est une créature plus noble que les autres ? Mais alors, tous les morts devraient se transformer en fantômes, et pas seulement Du Bo et Zhuangzi Yi ! Tiendra-t-on que ne se transforment en fantômes que ceux qui périssent de manière injuste ? Mais les serviteurs innocents victimes [de leur prince], comme, par exemple, Bigan ou Zixu [1], sont très nombreux, et pourtant ils ne se sont pas tous transformés en fantômes.

D'ailleurs, Du Bo et Zhuangzi Yi auraient agi de manière bien immorale en tuant par vengeance et colère leur souverain, puisqu'il n'y a pas de plus grand crime que d'assassiner son souverain ; [de plus,] ils auraient ainsi encouru le risque de se voir châtier une seconde fois [par leurs victimes] devenues leurs supérieurs parmi les fantômes : ils n'ont donc certainement pas osé tuer leur prince.

Lorsqu'un homme en agresse un autre, c'est parce qu'il ne supporte plus de voir ce dernier en vie, parce qu'il ne souffre plus sa présence : il le tue de manière à en être débarrassé. Il est même jusqu'à la famille de la victime que l'assassin déteste fréquenter, lorsque celle-ci porte l'affaire devant les autorités. Les morts et les

---

1. Bigan : personnage de la fin des Shang, il aurait été tué par le tyran Zhou (XIIe ou XIe siècle av. J.-C.), qui ne supportait pas ses trop franches remontrances.

Zixu : c'est-à-dire Wu Zixu (? - 484 av. J.-C.), conseiller de Fu Chai, le roi de Wu ; il fut victime de calomnies et contraint au suicide.

vivants vont par des chemins différents, les hommes et les fantômes ne se tiennent pas dans les mêmes lieux ; si Du Bo et Zhuangzi Yi en voulaient au roi Xuan et au duc Jian, ils ne devaient justement pas les tuer : car, alors, ces derniers se seraient à leur tour transformés en fantômes, et tous se seraient retrouvés au même endroit !

[De plus,] les princes l'emportent par la puissance sur leurs sujets, et ils peuvent bénéficier de l'aide de nombreux soldats et hommes de main : si Du Bo et Zhuangzi Yi avaient tué leurs princes, ces derniers, une fois morts, [auraient donc facilement pu] se venger à leur tour ! Nos deux ministres n'auraient donc pas fait un calcul très sage en se laissant aller à tuer leur souverain sous le coup de la colère. S'ils furent doués de pouvoirs surnaturels [à leur mort], ils auraient dû comprendre que les deux princes se vengeraient à leur tour ; s'ils ne le comprirent pas, c'est qu'ils n'avaient pas de pouvoirs surnaturels, et sans ceux-ci, comment auraient-ils pu se venger ?

On voit dans le monde beaucoup d'illusions qui ressemblent à la réalité, beaucoup de choses qui ont l'apparence de la vérité mais qui sont fausses; voilà pourquoi des histoires comme celles de Du Bo et de Zhuangzi Yi se transmettent si facilement.

§ 63/3

— Le duc Hui de Jin déterra le prince-héritier Shensheng pour l'enterrer ailleurs[1]. Durant l'automne, Hutu, [l'ancien] cocher de Shensheng, se rendit à la seconde capitale[2]. Il rencontra [le fantôme de] Shensheng, qui le fit monter comme cocher dans son char, et lui dit : «Yiwu se moque des rites[3], c'est pourquoi j'ai demandé et obtenu du Souverain [d'En-haut] que le territoire de Jin fût cédé au pays de Qin. À Qin, on m'offrira des sacrifices.» Hutu dit : «D'après ce que votre serviteur a entendu dire, les âmes des morts n'agréent pas [les offrandes]

1. Le duc Hui de Jin : il régna de 650 à 637 avant notre ère. Shensheng : son frère aîné. Sous le règne de leur père, le duc Xian (r. 676-651), Shensheng avait été victime d'une intrigue de Li Ji (? - 677), la concubine du duc, qui voulait mettre son propre fils sur le trône. Shensheng se suicida, et ne fut pas enseveli selon les rites. À son accession au pouvoir, le duc Hui répara cette injustice en l'inhumant à nouveau, selon les règles.
2. La seconde capitale : Quwo, dans l'actuel Shanxi.
3. Yiwu : soit Ji Yiwu, nom personnel du duc Hui.

de ceux qui ne sont pas leurs descendants, et
les gens ne font pas d'offrandes aux ancêtres
d'autres clans : [si le pays de Jin passe sous
contrôle de Qin,] plus personne ne vous fera
d'offrandes ! Et, de plus, de quel crime les habitants [de Jin sont-ils coupables, pour perdre
ainsi leur pays ?] Vous allez donc infliger un
châtiment injuste, et abolir les sacrifices [de Jin] !
Veuillez réfléchir à tout cela ! » Le prince-héritier
dit : « Soit ! Je ferai donc une nouvelle requête
[au Souverain d'En-haut]. Retrouvons-nous
dans sept jours chez le sorcier qui vit à la limite
ouest de la Nouvelle Ville. » Hutu promit, et
Shensheng disparut de sa vue. Au jour dit, Hutu
se rendit chez ce sorcier et rencontra à nouveau
Shensheng, qui lui dit : « Le Souverain [d'En-
haut] me permet de châtier le coupable : celui-
ci subira une grande défaite à Han. »

   Quatre ans plus tard, à Han, le duc Hui livra
une bataille contre le duc Mu de Qin, et fut cap-
turé par ce dernier [1], exactement comme Shen-

---

1. Le duc Mu de Qin : il régna de 659 à 621 avant notre ère.
Durant son règne, le pays de Qin se renforça et s'agrandit consi-
dérablement.

sheng l'avait annoncé. Comment expliquer cette histoire, sinon par l'intervention de forces surnaturelles ?

§ 63/4

— Je réponds que cette histoire est du même type que celles de Du Bo et de Zhuangzi Yi. Quelle preuve en donnerai-je ? Le changement de tombe est un préjudice d'ordre privé, alors que le Souverain d'En-haut est un esprit [soucieux du bien] public : pourquoi écouterait-il une doléance d'ordre privé ? Lorsque le Souverain [d'En-haut] permit que le pays de Jin soit cédé à celui de Qin, Hutu exprima son désaccord, et Shensheng s'en remit à l'avis de ce dernier. Cela signifie que le Souverain d'En-haut avait tort de donner cette permission : le merveilleux Souverain d'En-haut ne vaudrait donc pas Hutu [pour ce qui est de la clairvoyance] ? Cela prouve qu'il ne pouvait s'agir du Souverain d'En-haut !

Un sujet ne saurait demander à son prince de prendre en compte ses affaires privées : le prince a une position si élevée en comparaison de son sujet que ce dernier n'oserait en aucune façon lui faire des prières à ce point déplacées. Et, entre Shensheng et le Souverain d'En-haut, la distance n'était-elle pas autrement plus grande qu'entre un sujet et son prince ? Dans ces conditions, jamais Shensheng n'aurait dû en appeler aux ordres majestueux du Souverain d'En-haut parce qu'il était en colère à cause du changement de sa tombe.

Par ses calomnies, Li Ji avait causé la mort de Shensheng ; le duc Hui, lui, s'était contenté de faire déplacer sa tombe, préjudice bien moindre que la mort. La faute du duc était donc beaucoup moins lourde que celle de Li Ji : pourquoi Shensheng se contenta-t-il d'un châtiment pour le duc, sans demander la mort pour Li Ji ? Est-ce donc que le déplacement de sa tombe lui était odieux, mais qu'il lui indifférait d'avoir été tué ?

Sur les conseils de Li Si, le Premier Empereur fit brûler le *Classique des Poèmes*, le *Classique des Documents* [et les autres Classiques], puis il fit enterrer vivants des lettrés [1]. La rancœur des

---

1. Li Si (? - 208 av. J.-C.) : le très efficace, et parfois brutal, Premier Ministre du Premier Empereur. En 213, sur ses conseils, l'empereur fit brûler un certain nombre d'ouvrages, dont les Clas-

docteurs [que l'Empereur privait des Classiques] ne devait pas le céder à celle de Shensheng, et la fureur des lettrés enterrés vivants devait l'emporter de beaucoup sur celle que l'on éprouve lorsque l'on voit sa tombe déplacée. Pourtant, on ne vit pas les lettrés exécutés adresser des prières au Souverain d'En-haut, ni prendre l'apparence de fantômes, et les lettrés [encore vivants] ne se rassemblèrent pas pour dénoncer l'immoralité du Premier Empereur, ou la brutalité de Li Si.

§ 63/5

— Le roi Wu des Zhou ayant contracté une grave maladie, le duc de Zhou voulut intercéder en sa faveur [auprès des ancêtres du roi] [1] : il fit ériger trois autels sur la terrasse pour les sacrifices ; déposant un disque de jade et tenant en main une tablette de jade, il s'adressa au Grand Roi, à Ji-le-Roi et au roi

---

siques, accusés de troubler les esprits. L'année suivante, à la suite de la tromperie de deux « magiciens », Lusheng et Housheng, 460 magiciens et lettrés furent exécutés.

1. Le duc s'adressa aux ancêtres du roi, et demanda à mourir à la place de celui-ci.

Wen [1] [par l'intermédiaire de] l'archiviste, qui lut les tablettes de prière : « Moi qui suis à la fois vertueux et filial, habile et ingénieux, je peux servir les fantômes et les esprits ; votre petit-fils aîné [le roi Wu], qui n'a ni mon habileté ni mon ingéniosité, ne saurait le faire. » Ces esprits et ces fantômes, ce sont ceux des Trois Rois [le Grand Roi, Ji-le-Roi et le roi Wen]. Les morts seraient dénués de conscience, incapables de se transformer en fantômes et en esprits ? Mais le duc était un sage, et les paroles des sages étant fiables, elles reflètent la réalité des mondes obscurs : voilà la démonstration que les Trois Rois s'étaient bien transformés en esprits et en fantômes.

§ 63/6

— Je réponds ceci : les sages sont-ils doués de [pouvoirs] surnaturels ? Ou bien ne le sont-ils pas ? Si oui, alors le duc de Zhou aurait non seulement dû savoir que les trois rois s'étaient transformés en fantômes, il aurait également dû être en mesure de deviner leurs intentions. Or, après

1. Il s'agit de l'arrière-grand-père, du grand-père et du père du Roi Wu, fondateur de la dynastie des Zhou occidentaux.

avoir fait sa demande, après que le devin eut lu
jusqu'au bout sa requête, il se montra incapable
de savoir si les Trois Rois l'exauçaient ou non :
il dut interroger par divination [au moyen de]
trois tortues[1], et c'est seulement lorsque toutes
trois [montrèrent des signes] favorables qu'il fut
satisfait. Il aurait donc su que les Trois Rois
s'étaient transformés en fantômes, mais il aurait
dû passer par la divination pour obtenir une
réponse à sa requête! Mais, pour avoir la certi-
tude que les Trois Rois s'étaient transformés en
fantômes, n'aurait-il pas dû, au préalable, s'informer à ce sujet [au moyen de la divination]?
Car entre savoir si les morts sont doués de
conscience, et savoir s'ils exaucent une requête,
il n'y a pas de différence. Si le duc avait su [avant
de procéder à la divination,] que les Trois Rois
allaient l'exaucer, alors on aurait pu croire qu'ils
s'étaient effectivement transformés en fantômes.
Mais comme il se montra incapable de deviner
leurs intentions, son affirmation selon laquelle
ces derniers s'étaient transformés en fantômes ne
vaut pas plus que les idées du vulgaire, et par

1. Trois tortues : une pour chacun des trois rois.

conséquent toute cette histoire ne permet pas de savoir ce que deviennent en réalité les morts.

De plus, en vertu de quoi cette prière fut-elle exaucée? Du fait de la totale sincérité du duc? Ou parce que les termes de sa prière étaient corrects? Dans le premier cas, c'est la sincérité de sa requête [qui comptait], et non pas la manière dont elle était formulée. Pour faire venir la pluie, Dong Zhongshu avait pour méthode de disposer des dragons de terre [censés] agir sur le *qi* [des nuages et de la pluie]. Mais ces dragons de terre n'étant pas de véritables dragons, ils ne pouvaient pas en eux-mêmes provoquer la pluie : en réalité, pour faire tomber la pluie, Dong Zhongshu se fondait sur la sincérité de ses prières, il ne se souciait pas de savoir si ses dragons étaient vrais ou non. On peut comparer la requête du duc aux prières de Dong Zhongshu, et les trois rois n'étaient pas plus des fantômes que des tas de terre ne sont de vrais dragons [1].

---

1. L'idée que Wang Chong exprime par cette analogie un peu boiteuse est la suivante : ce qui rend une prière ou un culte efficace, c'est la sincérité de celui qui l'accomplit. Il n'est nul besoin

§ 63/7

— Xun Yan, [ministre] de Jin, mena une attaque contre Qi[1], mais il dut s'en retourner avant que l'affaire ne fût faite, à cause de furoncles et d'un abcès à la tête. Il arriva à Zhuyong, très malade, les yeux exorbités ; lorsqu'il mourut, ses yeux demeurèrent ouverts, et ses mâchoires refusèrent de s'ouvrir [pour recevoir le jade rituel[2]].

Alors Fan Xuanzi[3] se lava les mains, et tenta de le réconforter : « Oserais-je ne pas servir [votre fils] Wu comme je vous ai servi ? » Xun Yan, cependant, garda les yeux ouverts. Fan Xuanzi avait pensé qu'il ne fermait pas les yeux parce qu'il regrettait son fils Wu, ce sentiment étant tout à fait commun, d'où ses mots de consolation. Mais ce n'était pas là le [véritable] objet de la contrariété de Xun Yan, et celui-ci

---

d'expliquer l'efficacité de ces cérémonies par l'intervention de forces surnaturelles, même si, pour des raisons symboliques ou rituelles, on les invoque dans sa prière.

1. Xu Yan : ministre du pays de Jin (pour l'essentiel dans l'actuel Shanxi) à l'époque des Printemps et Automnes.

2. On plaçait un morceau de jade, ou une perle, une pierre, un coquillage dans la bouche des dignitaires décédés, selon leur rang.

3. Fan Xuanzi : autre ministre de Jin.

garda donc les yeux ouverts. Luan Huaizi [1] jugea
pour sa part que Xun Yan, en réalité, regrettait
de n'avoir pas été en mesure de conclure son
expédition contre Qi, et, à son tour, il récon-
forta Xun Yan : «Que le fleuve Jaune en soit à
jamais témoin, si, après votre mort, personne ne
mène à terme votre entreprise contre Qi!» Alors
Xun Yan ferma les yeux, et sa bouche s'ouvrit
pour recevoir [le jade rituel]. Le grand regret de
Xun Yan, c'était de ne pas avoir pu terminer son
affaire contre Qi. Luan Huaizi l'ayant compris,
Xun Yan ferma les yeux et reçut dans sa bouche
[le jade rituel], alors qu'il avait gardé les yeux
ouverts et les mâchoires rigides après les mots de
réconfort de Fan Xuanzi, parce que celui-ci
n'avait pas trouvé le véritable objet de son ressentiment.

§ 63/8

— À quoi je répondrai que cette protubé-
rance des yeux de Xun Yan était le fait de la
maladie, et que cette dernière entraînait aussi la
rigidité des mâchoires. Immédiatement après le

---

1. Luan Huaizi : autre ministre de Jin.

décès, le *qi* est encore abondant, et la protubé-
rance des yeux causée par la maladie [durait
encore] : lorsque, tout de suite après le décès,
Fan Xuanzi tenta de consoler Xun Yan, les yeux
de celui-ci ne s'étaient [tout simplement pas
encore] fermés, ses mâchoires ne s'étaient pas
[encore] détendues. Un peu plus tard, le *qi*
s'était affaibli, et les mots de consolation de
Luan Huaizi [coïncidèrent tout simplement
avec le moment] où les yeux de Xun Wu se fermèrent, où ses mâchoires se relâchèrent [d'elles-
mêmes]. Tout fut donc la conséquence de la
maladie, et non pas la manifestation d'un ressentiment de la part des fluides subtils du mort.

Tous les morts ont des regrets : l'homme de
cœur regrette de n'avoir pu réaliser ses nobles
ambitions, l'érudit regrette les insuffisances de
son savoir, le paysan regrette de ne pas avoir
engrangé le grain qu'il avait semé, le marchand
regrette de ne pas avoir amassé suffisamment
de fortune, le fonctionnaire regrette de n'avoir
pas atteint le poste espéré, le brave regrette
de n'avoir pu perfectionner ses techniques [de
combat]. Dans le monde, chacun éprouve des
désirs, et donc des regrets : si les regrets devaient

empêcher la fermeture des yeux [après le décès], tous les morts garderaient les yeux ouverts!

De plus, les [esprits] subtils et les âmes se dissolvent [à la mort] : les défunts ne sont donc pas capables d'entendre ce qu'on leur dit; ce qu'on appelle « mort », c'est justement cette incapacité à entendre. [Et même si à la mort] les esprits et âmes quittaient le corps pour se transformer en fantômes, et demeuraient à côté du défunt, ils auraient beau entendre les paroles des vivants, comment pourraient-ils, une fois séparés du corps, réintégrer celui-ci pour qu'il ferme les yeux et ouvre la bouche? Et s'ils pouvaient réintégrer le corps pour manifester leur ressentiment par l'intermédiaire du cadavre, ils devraient être en mesure de ne pas quitter le corps au moment du décès, et de demeurer constamment liés à lui.

D'où il appert qu'ils sont dans l'erreur, ces gens qui, discutant de la mort, soutiennent que les fluides subtils des morts sont capables de se manifester à nouveau dans le cadavre, et de faire réagir celui-ci comme le ferait une personne vivante.

§ 63/9

— Le roi Cheng de Chu déposa le prince-héritier Shangchen, désireux de le remplacer par le prince Zhi[1]. À cette nouvelle, Shangchen fit encercler le roi par les gardes du palais. Le roi demanda à manger des pattes d'ours avant de mourir[2], mais Shangchen refusa. Alors le roi se pendit et mourut, et on lui conféra le nom posthume de «Ling» [«qui ne diminue pas le désordre»]. Comme il gardait les yeux ouverts, on changea ce nom en «Cheng» [«qui établit l'ordre»], et le roi ferma les yeux. Cela prouve que, même mort, le roi était encore conscient : parce qu'il n'aimait pas le nom posthume «Ling», il garda les yeux ouverts, et ne les ferma que lorsqu'on eut changé ce nom en «Cheng». Ses esprits subtils écoutèrent les délibérations à propos de son nom posthume, et quand il apparut qu'on changeait celui-ci, le roi ferma les

1. Le roi Cheng de Chu : il régna de 671 à 626 avant notre ère. Son fils Shangchen régna, de 625 à 614, sous le nom de Mu (Chu Muwang).

Zhi : nom d'un des frères cadets de Shangchen, né d'une autre mère que la sienne.

2. Le roi espérait peut-être retarder ainsi l'échéance, les pattes d'ours demandant une longue cuisson.

yeux, satisfait. On n'a pas ici affaire à quelque maladie de l'œil, ni à une histoire de consolation [comme dans l'exemple précédent] : les yeux étaient ouverts, puis se fermèrent d'eux-mêmes. Comment expliquer ce phénomène autrement que par [une intervention] surnaturelle ?

§ 63/10

— À quoi je réponds qu'il s'agit d'une histoire du même genre que celle de Xun Yan. Certes, le roi Cheng ne souffrait pas d'une maladie de l'œil, mais ses yeux ne demeurèrent pas non plus ouverts sans raison. Au moment où il se pendit, son *qi* était encore abondant, et ses yeux demeurèrent ouverts quelques instants après la mort ; c'est à ce moment que le nom posthume «Ling» lui fut donné. Peu après, le *qi* s'affaiblit, et on changea le nom posthume en «Cheng» juste au moment où ses yeux allaient se fermer : ce n'est que par coïncidence que les yeux se fermèrent à cet instant, mais les témoins, voyant cette coïncidence, imaginèrent que les âmes du roi Cheng étaient douées de conscience. Mais si le roi était véritablement doué de conscience, il n'aurait jamais dû fermer les yeux! Pourquoi cela? Parce que le meurtre perpétré par le prince-héritier sur sa personne était un crime odieux, en comparaison avec la mince offense qui consistait à lui conférer un nom posthume défavorable : ne pas s'offusquer d'un crime odieux, et au contraire s'irriter d'une petite offense, voilà qui ne témoigne pas d'une [intelligence] surnaturelle! Voilà qui ne prouve assurément pas que les esprits [des morts] peuvent se manifester aux vivants!

Parmi les titres posthumes défavorables, il n'y a pas que «Ling», il y a aussi «Li[1]», et, d'après [les annales historiques rédigées sur] bambou ou soie, nombreux furent [les souverains] à se voir conférer l'un ou l'autre de ces noms posthumes. Mais aucun d'entre eux, alors qu'il attendait d'être enterré, ne garda les yeux ouverts. Serait-ce que ces nombreux souverains ne trouvaient rien à redire à leur nom posthume, que seul le roi Cheng ne put se satisfaire du sien? Pourquoi donc, parmi tous ceux à qui l'on donna le nom «Ling», si peu refusèrent de fermer les yeux?

---

1. L'un des sens du mot *li* est «sévère», «cruel», «tyrannique».

§ 63/11

— Bo You, de Zheng, était un homme avide
et rétif, aux nombreux désirs ; Zixi, lui, voulait
toujours être le premier [1]. Les deux hommes ne
s'entendaient pas. Zixi attaqua Bo You, qui prit
la fuite. [Par la suite] Si Dai, avec des hommes
de la capitale [de Zheng], attaqua [à son tour]
Bo You, qui mourut [2]. Neuf ans plus tard, les
gens de Zheng s'effrayèrent les uns les autres à
propos de Bo You, disant : « Il est revenu ! » Et
tous de s'enfuir, sans savoir où ils allaient ! L'année suivante, quelqu'un vit en rêve Bo You, qui
cheminait vêtu d'une armure, et disait : « Au
jour *renzi*, je tuerai Si Dai [3] ; et l'année pro-
chaine, au jour *renyin*, je tuerai Gongsun
Duan [4]. » Au jour *renzi*, Si Dai mourut, décès
qui ne fit qu'accroître la crainte des habitants de
Zheng. Et leur terreur redoubla encore lorsque,

---

1. Bo You, Zixi : tous deux étaient de grands dignitaires du pays
de Zheng.

2. Si Dai : fils de Zixi. Bo You étant revenu à Zheng, Si Dai le tua.

3. Le jour *renzi* : soit le 3e jour du 3e mois du calendrier Zhou,
en l'an 536.

4. Le jour *renyin* : soit le 28e jour du 1er mois du calendrier
Zhou, en 535.

Gongsun Duan : parent de Si Dai.

au jour *renyin*, Gongsun Duan mourut à son tour. Zichan, pour apaiser la colère de Bo You, offrit de l'avancement à ses descendants, et celui-ci cessa dès lors de sévir[1].

Par la suite, Zichan se rendit à Jin, et Zhao Jingzi l'interrogea[2] : « Bo You a donc pu se transformer en fantôme ? — Oui, répondit Zichan. Au début de la vie, ce sont tout d'abord les âmes sensitives qui se forment, puis le *yang* donne les âmes spirituelles. Si elles se nourrissent en abondance de l'essence des choses[3], toutes ces âmes se renforcent ; de vigoureuses, elles deviennent ardentes. Lorsqu'un homme ou une femme du peuple décède de mort violente, ses âmes spirituelles et ses âmes sensitives peuvent déjà emprunter des corps d'êtres vivants et agir de façon malfaisante ; alors, à plus forte raison, Bo You, descendant de notre ancien souverain, le duc Mu [de Zheng], petit-fils de Ziliang, fils de Zi'er, lui-même ministre d'État de ce pays, et dont [la famille] fut aux com-

1. Zichan : ou Gongsun Qiao, célèbre homme d'État, ministre de Zheng.
2. Zhao Jingzi : ou Zhao Cheng, ministre de Jin.
3. C'est-à-dire, ici, de nourriture.

mandes durant trois générations! Bien que
Zheng ne soit pas un pays riche, et ne repré-
sente, comme le veut l'expression populaire,
qu'une "principauté de rien du tout", le fait d'y
avoir tenu les rênes du pouvoir durant si long-
temps, avec l'accès à d'immenses ressources, a
favorisé l'accumulation des fluides subtils. Sa
famille étant puissante, [les âmes de Bo You]
purent se fonder sur quelque chose de solide.
Dans ces conditions, n'est-il pas compréhensible que Bo You ait pu se transformer en fantôme après sa mort violente?»

Bo You tua Si Dai et Gongsun Duan au jour
fixé : voilà bien la preuve que les esprits existent
vraiment. Zichan, en promouvant la descendance de Bo You, parvint à mettre un terme aux
agissements de celui-ci : il connaissait les réac-
tions des fantômes et des esprits. C'est donc
qu'il savait qu'ils existent réellement. Parce qu'il
savait qu'ils existent réellement, qu'ils ne sont
pas de pures inventions, il put répondre sans
hésiter aux questions [de Zhao Jingzi]. Zichan
était un homme sage qui connaissait la véritable
nature des choses. Si les morts ne sont pas doués
de conscience, comment donc [Bo You] aurait-

il pu tuer Si Dai et Gongsun Duan ? Et si les morts ne se transforment pas en fantômes, comment expliquer l'absence de doutes de Zichan ?

§ 63/12

— À quoi je réponds ceci : l'ennemi de Bo You, c'était Zixi. Zixi attaqua Bo You, qui dut fuir, et c'est à ce moment seulement que Si Dai, à la tête de gens [de Zheng], l'attaqua. Quant à Gongsun Duan, il suivit certes Si Dai, mais il ne fut pas à l'origine de la confrontation, et sa faute fut donc bien moindre. Bo You tua Si Dai, mais ne se vengea pas de Zixi ; et Gongsun Duan mourut tout comme Si Dai, alors que sa faute était insignifiante : tout cela montre que les âmes spirituelles de Bo You n'étaient pas douées de conscience ; le fantôme, en effet, ne fut pas capable dans sa vengeance de peser correctement les responsabilités de chacun.

De plus, lorsque Zichan affirme que les personnes frappées de mort violente peuvent se transformer en fantômes, qu'entend-il par « mort violente » ? Veut-il dire que Bo You avait été tué alors que sa destinée [normale] était de

vivre encore[1] ? Ou bien qu'il n'était pas coupable et fut victime d'une injustice ? Mais ils
sont nombreux, ceux qui meurent alors que la
destinée ne le leur commande pas ! Et Bo You
fut loin d'être le seul à connaître une mort
injuste : si c'est parce qu'il avait été victime
d'une mort violente qu'il se transforma en
fantôme, pourquoi Bigan ou Zixu [également
morts injustement,] ne firent-ils pas comme
lui ?

À l'époque des Printemps et Automnes,
trente-six souverains furent victimes de régicides. Ces souverains furent donc frappés de
mort violente. Ils gouvernaient des États entiers,
ils avaient pu accumuler [dans leurs fluides] l'essence de substances abondantes ; leurs terres leur
appartenaient depuis bien plus de trois générations ; en tant que souverains, ils l'emportaient
sur de simples ministres [comme Bo You] ; et ils
avaient certainement des ancêtres fondateurs
qui valaient le duc Mu ou Ziliang. Ils furent les
plus nobles des souverains, et les victimes de
ministres séditieux : leurs âmes, transformées en

---

1. La destinée : ici, la destinée qui commande la longévité.

fantômes, devaient y voir plus clair que celles de Bo You, et leur vengeance aurait dû être plus terrible que celle de ce dernier. Et, pourtant, aucun de ces trente-six souverains ne se transforma en fantôme, aucun de leurs régicides ne fut la victime de leur vengeance! Dira-t-on que c'est parce que Bo You avait été un homme mauvais que ses esprits [demeurèrent] doués de conscience après sa mort? Mais dans le monde, personne ne fut plus mauvais que [les tyrans] Jie et Zhou, et, pourtant, lorsqu'ils furent mis à mort, leurs âmes ne se transformèrent pas en fantômes!

Dans son explication [des fantômes], Zichan se fonda sur l'histoire toute faite [de Bo You] : comme ce dernier avait été la victime d'une mort violente, il soutint que ce sont les victimes d'une mort violente qui se transforment en fantômes. S'il avait été confronté aux fantômes de personnes non décédées de mort violente, il aurait soutenu que ce sont ces dernières qui peuvent se transformer en fantômes!

[À cet égard,] en quoi le cas de Zixi, également de Zheng, diffère-t-il de celui de Bo You? Et en quoi sa mort se distingue-t-elle de celle de ce dernier[1] ? Tous deux furent tués par des gens de Zheng à cause de leur mauvaise conduite, mais alors que Bo You se transforma en fantôme, Zixi ne le put pas. L'explication de Zichan vaut donc pour Bo You, mais elle ne marche pas pour Zixi.

L'histoire de Bo You ne diffère pas de l'histoire de Du Bo : cette dernière n'étant pas recevable, celle de Bo You ne peut être vraie non plus.

§ 63/13

— Le duc Heng de Qin attaqua le pays de Jin, et campa ses armées à Fushi. Le marquis de Jin organisa ses troupes à Ji, s'empara des terres occupées par les [barbares] Di et rétablit le marquis Li à son poste, puis s'en retourna[2]. Quand il arriva [à Luo], [son général] Wei Ke battit les armées Qin à Fushi, et fit prisonnier Du Hui, un hercule de Qin[3].

1. En 540 av. J.-C., Zixi se serait révolté, et Zichan l'aurait forcé à se suicider.
2. Li : petit État, qui avait été envahi par les Di. Les pays de Jin et de Qin étaient les principaux rivaux de l'époque ; la bataille dont il est question ici date de 589.
3. Wei Ke : général des armées de Jin.
Du Hui : général des armées de Qin, réputé pour sa force.

Avant ces événements, Wei Wuzi [, le père de Wei Ke,] avait eu une favorite demeurée sans enfant[1]. Étant tombé malade, il avait ordonné à Wei Ke : « [Après ma mort,] il faudra lui trouver un mari. » Mais quand sa maladie s'aggrava, il changea d'avis : « Elle devra m'accompagner dans la tombe. » Cependant, lorsque Wei Wuzi mourut, Wei Ke n'enterra pas la favorite avec lui. À ceux qui lui faisaient le reproche [de ne pas obéir aux volontés de son père], Wei Ke répondit : « Lorsque sa maladie s'est aggravée, mon père a perdu la tête ; j'obéis aux instructions qu'il m'avait données lorsque l'ordre régnait encore [dans ses idées]. »

Lors de la bataille de Fushi, Wei Ke vit un vieillard qui nouait des herbes pour bloquer Du Hui ; ce dernier s'empêtra et tomba : voilà comment Wei Ke parvint à se saisir de lui. La nuit [suivante], il rêva d'un vieil homme qui lui disait : « Je suis le père de la favorite [de ton père] que tu as donnée en mariage [au lieu de la sacrifier]. Tu as suivi les instructions que ton père t'avait données lorsqu'il avait encore tous

---

1. Wei Wuzi : Wei Chou, le père de Wei Ke.

ses esprits, et je suis venu payer ma dette. » Le
père [décédé] de la favorite avait reconnu la
vertu de Wei Ke, il lui était apparu sous la forme
d'un fantôme en train d'attacher des herbes, de
façon à l'aider durant la bataille : n'est-ce pas la
preuve que les esprits sont doués de conscience ?

§ 63/14

— Ma réponse est la suivante : si le père de
la favorite a pu [après sa mort] reconnaître la
vertu de Wei Ke et apparaître sous forme de fantôme pour l'aider dans cette guerre, il aurait de
la même manière dû pouvoir récompenser ceux
qu'il avait aimés avant sa mort, et tuer ceux qu'il
avait détestés. Dans les rapports avec les gens,
on contracte des dettes plus ou moins impor-
tantes ; dans tous les cas, il convient de payer de
retour ses bienfaiteurs : ainsi Wei Ke devait-il
[effectivement] être récompensé d'avoir [trouvé
un mari] à la femme [de son père]. Mais le père
de notre concubine n'a pas pu récompenser les
dettes qu'il avait contractées de son vivant, il n'a
exprimé sa gratitude que pour un bienfait reçu
après sa mort. On n'a pas vraiment là une

preuve que [les morts] soient doués d'intelligence, ou puissent se transformer en fantômes.

Alors que Zhang Liang marchait le long de la Si, un vieillard lui offrit un traité [de stratégie] [1] ; et lorsque l'empereur Guangwudi se trouva en difficulté à Hebei, un vieil homme lui indiqua le bon chemin [2] : leur destinée les prédisposait aux plus grands honneurs, leur temps était venu, et ces rencontres furent [simplement] des preuves qu'ils étaient promis aux honneurs et aux richesses. [De même,] Wei Ke devait [, selon sa destinée,] capturer Du Hui et s'illustrer au combat, voilà pourquoi il lui fut donné de voir cette étrange apparition d'un vieillard en train d'attacher des herbes sur le chemin.

---

1. Zhang Liang : conseiller de Liu Bang, le fondateur de la dynastie des Han.

Si : nom d'un affluent de la Huai, dans le centre de l'actuel Shandong.

2. L'empereur Guangwudi : le fondateur de la dynastie des Han postérieurs régna de 25 à 57 apr. J.-C. Lors des luttes qui provoquèrent et suivirent la chute de l'usurpateur Wang Mang (r. 9-23 apr. J.-C.), le futur empereur se trouva devant une rivière prise dans les glaces, qu'il devait absolument traverser. Il s'égara, et c'est un vieillard qui le renseigna, lui permettant ainsi de se mettre à l'abri.

§ 63/15

— Ji-le-Roi fut enterré au pied du mont Hua, et l'eau de la Luan creusant le tumulus, l'une des extrémités du cercueil fut bientôt visible[1]. Le roi Wen dit : «Oh! Le défunt roi tient sans doute à recevoir la foule de ses fonctionnaires et de ses gens! Voilà pourquoi il aura demandé à la Luan de dégager la pointe de son cercueil.» Alors, le roi Wen [quitta son palais] et tint audience à côté du cercueil : de la sorte, tous les gens défilèrent devant le cercueil. Ce n'est qu'au bout de trois jours qu'il fit changer la sépulture. Le roi Wen était un sage, il comprenait le cours des choses et leur véritable nature. À l'apparition du cercueil, il reconnut que les esprits subtils de Ji-le-roi dési-raient voir le peuple, aussi quitta-t-il [sa cour] pour que le peuple défile devant le cercueil.

§ 63/16

— Je réponds ainsi :
Depuis l'Antiquité jusqu'à nos jours, des myriades de souverains moururent et furent

1. Ji-le-Roi : ou Wang Ji, père du roi Wen, qui fonda la dynas-tie des Zhou.

enterrés, mais aucun ne manifesta le désir de revoir ses sujets. Pourquoi Ji-le-Roi fit-il exception?

Au bord du fleuve Jaune et de la Si, que de tombes, et que de cercueils mis au jour à la suite d'éboulements provoqués par les flots torrentiels! [Tous les occupants de] ces cercueils voulaient-ils revoir leur peuple? [À cet égard,] le pied du mont Hua sur lequel se jettent les eaux de la Luan ne diffère en rien des rives contre lesquelles roulent le fleuve Jaune et la Si.

Le roi Wen, voyant surgir une extrémité du cercueil, s'affligea et fut pris de pitié [pour l'ancien roi] : voilà pourquoi [il jugea] que celui-ci exprimait le désir de revoir son peuple. Le roi Wen laissa simplement parler sa piété filiale et ses espoirs : lorsque les sages sont affligés, ils en oublient de réfléchir, et raisonnent sur les morts comme ils raisonneraient sur des vivants. Telle est la raison pour laquelle il enterra à nouveau Ji-le-Roi [comme si celui-ci avait été vivant]. Et le peuple croit ce que disent les sages : voilà pourquoi on raconte que Ji-le-Roi voulait revoir ses sujets.

§ 63/17

— Le duc Jing de Qi allait attaquer le pays de Song[1]. Lorsque son armée passa près du mont Tai, le duc rêva de deux vieillards qui se tenaient debout devant lui, furieux. Il raconta son rêve à Yanzi[2], qui lui dit : « Il s'agit de Tang et Yiyin, ancêtres de Song[3]. » Mais le duc ne le crut pas, estimant qu'il s'agissait plutôt des esprits du mont Tai. Yanzi lui dit alors : « Vous ne me croyez pas ? Alors laissez-moi vous décrire Tang et Yiyin. Tang est pâle, de grande taille, il porte une barbe qui s'élargit vers le bas ; il se tient bien droit et sa voix est forte. » Le duc dit : « Oui, c'était bien lui. — Quant à Yiyin, il est sombre

---

1. Le duc Jing de Qi (r. 547-490) : souverain de Qi à l'époque des Printemps et Automnes.

Song : principauté laissée par les rois Zhou aux descendants de la dynastie Shang après qu'ils l'eurent renversée.

2. Yanzi (? - env. 500 av. J.-C.) : ou Yan Ying, ministre de Qi, célèbre pour son bon sens. On lui attribue un recueil d'anecdotes historico-politiques, le *Yanzi chunqiu*, d'où est tirée l'histoire rapportée ici.

3. Tang : ou Cheng Tang, fondateur de la dynastie Shang (17e s. - 11e s. av. J.-C.).

Yiyin : l'un des principaux conseillers de Tang.

Ancêtres de Song : les fondateurs de la dynastie Shang étaient les ancêtres du pays de Song, puisque ce pays fut dirigé par les survivants de la défunte dynastie Shang.

de peau, petit, avec des cheveux en désordre, et une barbe qui se termine en pointe ; il se tient voûté et parle doucement. » Le duc fit : « Oui, c'était bien lui. Mais que dois-je en conclure ? » Yanzi répondit : « Tang, Taijia, Wuding, Zuji furent de grands souverains et ne devraient pas être privés de descendance [1]. Aujourd'hui, il ne leur reste plus que le pays de Song, que vous allez envahir, d'où la colère de Tang et de Yiyin. Vous devriez retirer vos armées et négocier une paix avec Song. » Le duc n'écouta pas le conseil de Yanzi, attaqua Song, et fut vaincu. Tang et Yiyin étaient doués de conscience et réprouvaient l'entreprise du duc Jing contre Song ; aussi lui apparurent-ils en rêve, très en colère, afin de l'arrêter. Mais comme le duc refusa d'interrompre son action, ses armées subirent un revers.

§ 63/18

— Je réponds ceci : dans une autre occasion, le duc Jing rêva d'une comète, mais à l'époque, on ne vit aucune comète apparaître, ce qui montre bien que ce qu'il voyait en rêve n'existait

---

1. Taijia, Wuding, Zuji : trois souverains de la dynastie Shang.

pas [forcément] dans la réalité. Il rêva de Tang et de Yiyin, mais, en fait, il ne s'agissait pas de ces personnages. Son rêve n'était peut-être qu'un mauvais présage, annonçant sa défaite. Yanzi croyait [en la valeur prophétique des] rêves ; il fit une description détaillée de Tang et de Yiyin, et le duc [crut] reconnaître les deux personnages.

Lorsque les Qin occupèrent tout l'Empire, ils privèrent [Tang et] Yiyin de descendance, et jusqu'à aujourd'hui, les sacrifices à ces deux personnages ont été abandonnés[1] : dans ces conditions, pourquoi Tang et Yiyin n'ont-ils manifesté aucune colère ?

§ 63/19

— Alors que Zichan, du pays de Zheng, arrivait en visite officielle à Jin, le marquis de Jin était malade. Han Xuanzi[2], qui accueillait les visiteurs, prit Zichan à part et lui dit : « Mon

---

1. Wang Chong semble faire erreur ici : sous les Han, les empereurs Chengdi et Guangwudi prirent des mesures favorables aux descendants des Song, notamment en leur attribuant des territoires en fief. Les cultes aux ancêtres des Shang ne furent donc pas abandonnés.

2. Han Xuanzi : le Premier Ministre de Jin.

prince est malade et alité depuis trois mois déjà. Nous avons eu beau sacrifier aux esprits des montagnes et des rivières, sa maladie n'a fait qu'empirer, sans aucune rémission. Et aujourd'hui, il a rêvé d'un ours jaune qui entrait dans sa chambre à coucher : qu'est-ce donc que cette funeste apparition ? » Zichan répondit : « Le prince est un souverain éclairé, et votre administration est remarquable, comment cette apparition pourrait-elle être funeste ? Autrefois, Yao fit mourir Gun sur le mont Yu, et Gun se transforma en un ours jaune, qui s'installa dans les profondeurs de la montagne[1] ; il devint un objet de sacrifice pour les Xia, et on le vénéra durant les trois dynasties[2]. Aujourd'hui, c'est le pays de Jin qui dirige la ligue, peut-être a-t-il manqué de sacrifier à Gun ?[3] »

---

1. Yao : rappelons que ce souverain mythique aurait vécu au XXIVᵉ siècle avant notre ère.

Gun : selon la tradition, le père de l'empereur Yu ; il aurait été incapable de venir à bout des inondations de l'époque et mis à mort par l'empereur Shun.

2. Les trois dynasties : c'est-à-dire les dynasties Xia, Shang et Zhou.

3. La maison royale des Zhou, sur le déclin, n'étant plus en mesure d'assurer les cultes, Zichan estime que c'est au pays de Jin,

Alors Han Xuanzi reprit les sacrifices des Xia à Gun, et l'état du marquis s'améliora. Cet ours jaune, c'était l'esprit de Gun : il pénétra dans la chambre à coucher du marquis parce que celui-ci ne lui rendait pas de culte. Une fois cet oubli réparé, l'état du marquis s'améliora. N'est-ce pas la preuve que les morts sont doués de conscience ?

§ 63/20

[— Je réponds ceci :]

Que Gun ait été tué au mont Yu, voilà qui est bien connu. Mais comment sait-on que ses esprits se transformèrent en un ours jaune qui hanta les profondeurs de la montagne ? On pourrait croire cette histoire s'il s'était agi d'un cas semblable à celui de Gong Niu'ai, de Lu, qui se transforma en tigre lors d'une maladie et resta [bien visible sous cette forme] [1]. Mais lorsque Gun fut loin de tout dans cette montagne, personne ne demeura à ses côtés : comment donc

protecteur des Zhou et le plus puissant de tous les États de l'époque, que revient le devoir de sacrifier à Gun.

1. Gong Niu'ai : ce personnage se serait transformé en tigre, à la suite d'une maladie.

peut-on savoir [qu'il se transforma en ours jaune]? De plus, l'histoire raconte que ce sont ses esprits qui se transformèrent en ours jaune, ce qui signifie que Gun était déjà mort : mais qu'après la mort, les âmes et les esprits d'un défunt puissent se transformer en ours jaune, personne ne peut l'affirmer[1].

Les gens parlent de fantômes après la mort, mais les fantômes ressemblent à des personnes vivantes, ils ne diffèrent aucunement de celles-ci par l'apparence. Or [nous avons montré que] ces fantômes ne sont nullement les esprits des morts, alors, à plus forte raison, un ours, qui n'a pas forme humaine, qui ne ressemble en rien aux hommes!

Si les esprits de Gun se transformèrent en ours jaune à sa mort, alors les esprits d'un ours mort peuvent peut-être aussi se transformer en personne humaine? Mais alors, lorsque l'on voit des personnes en rêve, comment savoir s'il ne s'agit pas des esprits d'animaux morts?

On identifie cet ours jaune aux esprits de

---

1. Gong Niu'ai, lui, n'était pas mort lorsqu'il se transforma en tigre.

Gun, mais on croit aussi que les fantômes vus [en rêve] sont les [esprits] subtils de personnes décédées. On ne sait donc pas si [cet ours] doit être identifié aux esprits d'une personne ou d'un animal, et il paraît dès lors très difficile de soutenir que cet ours était bien l'esprit de Gun.

Les rêves ne sont que des images que l'esprit produit, en guise d'avertissement, avant un événement faste ou néfaste. L'ours [dont rêva le marquis] devait donc aussi être le présage de quelque événement [et non pas le fantôme de Gun].

Même si l'on admet qu'à la mort de Gun, ses esprits se transformèrent en ours jaune, est-il certain que l'ours que le marquis vit en rêve était bien Gun ? Les grands feudataires offrent des sacrifices aux montagnes et aux fleuves : si le marquis de Jin avait rêvé de montagnes et de fleuves, expliquerait-on ce rêve de manière analogue, comme une apparition des montagnes et des fleuves auxquels il aurait omis de sacrifier ? Les malades rêvent souvent qu'ils ont à leur côté tel ancêtre disparu : celui-ci vient-il à chaque fois demander qu'on lui fasse des offrandes ? Ce que les hommes voient dans leurs rêves, ce sont des présages d'autres choses, ce que l'on voit en rêve n'est pas forcément la réalité. Comment le prouver ? Par le fait que si vous rêvez d'une personne vivante, et que vous l'interrogez le lendemain à ce sujet, elle ne se souviendra pas vous avoir vu !

On peut conclure que cet ours jaune en lequel [se serait transformé] Gun n'entra pas dans la chambre à coucher du marquis. Il n'y entra pas, donc Gun ne réclamait nulle [offrande] de nourriture. Il n'en réclamait pas, et donc la maladie du marquis ne peut s'interpréter comme une conséquence de l'abandon des sacrifices aux Xia. Partant, la rémission de cette maladie ne fut pas non plus une faveur récompensant la reprise de ces sacrifices. En conséquence, il n'y a dans cette histoire aucune preuve que les morts soient doués de conscience.

Il en va ici comme de la légende selon laquelle Liu An, duc de Huainan, après son exécution pour rébellion, se serait transformé en immortel, pour monter au ciel [1]. L'histoire [selon

---

1. Liu An (179-122) : petit-fils de l'empereur Gaod. C'est sous son patronage que fut rédigée la somme taoïste *Huainanzi*.

laquelle Gun se serait transformé en ours jaune après son exécution] n'a aucun fondement, et Zichan se montra incapable d'expliquer correctement les choses.

[Peut-être,] par coïncidence, l'état du duc devait-il s'améliorer de lui-même lorsque Zichan invoqua cette histoire d'ours jaune, et les gens crurent que l'ours [dont avait rêvé le duc] était l'esprit de Gun.

§ 63/21

— Pour lui succéder, l'empereur Gaozu voulait désigner le roi de Zhao, Ruyi, parce qu'il lui ressemblait[1]. Mais l'impératrice Lü se fâcha et fit empoisonner le roi[2]. Plus tard, elle sortit et tomba sur un chien de couleur verte, qui la mordit sous le bras gauche. Étonnée, elle interrogea les devins, qui conclurent que ce maléfice était le fait de

1. Ruyi, roi de Zhao : le quatrième fils de l'empereur, né d'une concubine.
2. L'impératrice Lü : épouse de Gaozu, mère de son successeur l'empereur Huidi (r. 194-188), elle régna elle-même de 187 à 180. L'empereur aurait envisagé de faire de Ruyi son successeur, mais il recula devant l'opposition de l'impératrice. Après la mort de l'empereur, elle fit empoisonner le jeune garçon, âgé de huit ans (en 194 av. J.-C.).

Ruyi. La blessure ne guérit pas, et elle mourut. Les esprits subtils de Ruyi se seraient donc transformés en un chien de couleur verte, afin de se venger de manière surnaturelle de l'impératrice.

§ 63/22

— Lorsque des braves se mettent en colère, qu'ils se battent et croisent le fer, le vaincu s'écroule sur le sol, frappé à mort. Il a de ses propres yeux vu celui qui a porté le coup, et pourtant, on ne voit pas son esprit se venger après sa mort. Quand l'impératrice Lü fit empoisonner le roi Zhao, elle n'intervint pas en personne, mais chargea quelqu'un de lui faire boire [le poison]. Le roi ne sut donc pas par qui il avait été empoisonné et tué : comment dans ces conditions croire qu'il ait voulu, par un maléfice, se venger de l'impératrice ?

Si les morts sont doués de conscience, personne ne devait en vouloir plus à l'impératrice que l'empereur Gaozu, puisqu'elle fit assassiner Ruyi, pour lequel il éprouvait une affection particulière : les âmes de l'empereur auraient dû en vouloir terriblement à l'impératrice, et la frapper comme la foudre, le jour même de son crime! À moins que les [esprits] subtils d'un [grand empereur comme] Gaozu n'aient pas valu ceux de Ruyi? Ou bien que, après sa mort, il se prit soudain à détester Ruyi, et approuva le crime de l'impératrice?

§ 63/23

— Le Premier Ministre Tian Fen, duc de Wu'an, et l'ancien Grand Général Guan Fu se disputèrent lors d'un banquet[1]. L'affaire parvint aux oreilles de l'empereur, et Guan Fu fut arrêté et emprisonné; Dou Ying tenta de venir à son secours, mais en vain, Guan Fu fut jugé, et Dou Ying trouva lui aussi la mort dans cette affaire[2].

---

1. Tian Fen (? - 131 av. J.-C.) : Premier Ministre au début du règne de l'empereur Wudi, particulièrement corrompu et ambitieux.
   Guan Fu (? - 132 av. J.-C.) : célèbre général de la même époque, généreux et loyal, mais emporté et susceptible. Il eut plusieurs différends avec Tian Fen, notamment lors d'un banquet, lorsque ce dernier manqua de respect envers son ami Dou Ying.
2. Dou Ying (? - 131 av. J.-C.) : haut fonctionnaire, il occupa divers postes durant les règnes des empereurs Wendi, Jingdi et Wudi. Son franc-parler et son honnêteté lui valurent bien des ennuis. Il fut écarté du pouvoir au profit de Tian Fen. Après avoir tenté, en vain, d'intercéder en faveur de Guan Fu, il fut victime de calomnies, et exécuté.

Par la suite, Tian Fen tomba gravement malade, et, durant sa maladie, on l'entendit dire : « J'y consens ! J'y consens ! » On fit venir des [spécialistes de l'observation des fantômes], et ils virent Guan Fu et Dou Ying assis aux côtés de Tian Fen. La maladie de ce dernier ne connut aucune rémission et, finalement, il mourut.

§ 63/24

— Je réponds ceci :

Il y eut bien d'autres meurtriers que Tian Fen, mais lorsqu'ils tombèrent malades, on ne vit pas leurs victimes à côté d'eux. Si Tian Fen fait exception, c'est parce qu'il était rongé par la honte, et que sa maladie entraînait délire et visions. Ou peut-être était-il victime de quelque autre maléfice, et les spécialistes de l'observation des fantômes, au courant de ses démêlés passés avec Guan Fu et Dou Ying, et désireux de profiter de son délire pour se faire une réputation de clairvoyance, prétendirent qu'ils voyaient ces deux personnages à ses côtés.

§ 63/25

— Yin Qi, commandant militaire de la commanderie de Huaiyang, était un fonctionnaire dur et cruel. À sa mort, ses ennemis voulurent brûler son cadavre. Mais le cadavre s'enfuit vers l'endroit où il devait être enterré : [le mort] était doué de conscience, voilà pourquoi [il sut] qu'on voulait le brûler ; et il s'était transformé en esprit, voilà pourquoi il put s'échapper de la sorte.

§ 63/26

— Je réponds ceci : on dit que le cadavre disparut parce que Yin Qi s'était transformé en esprit, et qu'il fut capable de réagir [contre ceux qui menaçaient son cadavre]. Mais alors, si l'on veut expliquer toute disparition par l'intervention d'esprits, on devra dire que les trois montagnes qui s'évanouirent durant la dynastie des Qin, ainsi que les neuf tripodes qui disparurent à la fin de la dynastie des Zhou, étaient également doués de conscience [1].

---

1. Ces légendaires tripodes, forgés durant la dynastie Xia, passaient pour protéger l'empire des mauvaises influences. Selon le *Shiji*, le royaume de Qin serait entré en possession de ces tripodes

D'autres fonctionnaires, au courant du projet des ennemis de Yin Qi, auront peut-être déplacé le corps en cachette et, craignant que la colère des gens ne se retourne contre eux, prétendu que le cadavre s'en était allé de lui-même. Pour fuir, toute personne doit être ingambe ; or, à la mort, le sang se tarit, et les jambes ne peuvent plus se mouvoir : comment donc le cadavre de Yin Qi aurait-il pu s'enfuir ? À Wu, on fit bouillir [le corps de] Wu Zixu ; sous les Han, on découpa en tranches et fit macérer [celui de] Peng Yue[1]. Ces supplices se valent, tout comme se valaient ces braves, mais l'un comme l'autre furent incapables d'échapper à leur châtiment. Dire que seul Yin Qi parvint de la sorte à gagner sa tombe, c'est perdre le sens des réalités, et raisonner sans preuve.

---

en 255 avant notre ère ; mais, à l'époque du Premier Empereur, celui-ci aurait été incapable de les retrouver. Cette disparition fut interprétée par certains comme la manifestation de la réprobation céleste à l'encontre du trop sévère régime du Premier Empereur.

1. Peng Yue (? - 196 av. J.-C.) : il fut l'un des généraux de Liu Bang, et assista celui-ci lors des guerres qui marquèrent la chute de la dynastie Qin. Par la suite, il se révolta, et l'empereur le fit exécuter.

§ 63/27

— Sous la dynastie déchue des Xin, [Wang Mang] commanda de déplacer la sépulture de l'impératrice [douairière] Fu, épouse de l'empereur Yuandi : il fit ouvrir le cercueil, s'empara du coffret en jade et des sceaux de l'impératrice, et ordonna de transférer le corps à Dingtao, pour qu'elle y soit enterrée selon les rites [simples] du peuple [1]. À l'ouverture du cercueil,

---

1. Pour comprendre cet événement, qui marque le point final de longues querelles de clans, il est nécessaire de remonter à l'empereur Yuandi (r. 48-33). Avec son épouse, la future grande-impératrice douairière Wang (Wang Zhengjun), cet empereur donna naissance au futur empereur Chengdi (r. 32-7) ; et, avec une favorite, la future impératrice douairière Fu, il donna naissance à Liu Kang, le futur roi Gong de Dingtao. L'empereur Chengdi n'ayant pas de descendant direct, c'est un fils de Liu Kang et de sa favorite, la future impératrice-mère Ding, qui fut choisi pour lui succéder : il s'agit de l'empereur Aidi (r. 6-2), qui est donc le petit-fils de l'empereur Yuandi et de l'impératrice douairière Fu, et le fils de Liu Kang et de l'impératrice-mère Ding. Les clans Fu et Ding étaient alliés contre le clan de la grande-impératrice douairière, le clan Wang. Ce dernier l'emporta : Wang Mang, le neveu de la grande-impératrice douairière, s'arrogea peu à peu le pouvoir durant les brefs règnes des empereurs Aidi, Pingdi (r. 1-5 apr. J.-C.), et Ruzi Ying (6-8) ; puis il usurpa le trône, et fonda l'éphémère dynastie Xin (9-23). L'impératrice douairière Fu (morte en 1 av. J.-C.) avait été enterrée avec l'empereur Yuandi, près de Chang'an ; d'après la biographie des « clans extérieurs » du *Hanshu*, en 5 apr. J.-C., Wang Mang fit ouvrir son tombeau et déplacer ses restes à Dingtao (district dans l'actuel Shandong), où résidait la famille de son fils, Liu Kang, ce qui équi-

une odeur putride s'éleva vers le ciel; l'assistant à la préfecture de Luoyang, qui s'approchait du cercueil, renifla l'odeur, et mourut. [Wang Mang] fit également déplacer la sépulture de l'impératrice[-mère] Ding, épouse du roi Gong de Dingtao. Mais du feu jaillit de la tombe, brûlant et tuant plusieurs centaines de fonctionnaires et de lettrés. Le déplacement des sépultures, la modestie du nouvel enterrement, la destruction et le vol d'objets précieux provoquèrent la colère des deux impératrices, d'où cette puanteur et ce feu pour frapper ceux qui ouvraient le cercueil.

§ 63/28

— Je réponds ceci : pour ce qui est de cette odeur qui s'éleva vers le ciel, elle n'a rien d'étonnant, le cercueil renfermant quantité de nourriture qui, une fois pourrie, dégage une puanteur insupportable et toxique. Quant au feu jailli de la tombe, il s'agit certes d'un phénomène extra-

---

valait à une dégradation posthume. Il fit semble-t-il de même pour l'impératrice-mère Ding; mais un autre passage de la biographie du *Hanshu* suggère qu'elle aurait dès le début été ensevelie à Dingtao.

ordinaire, mais non pas d'une manifestation de l'esprit de l'impératrice Ding. Quelle preuve en donnerai-je ? La profanation et le pillage de tombes ne sont-ils pas pires que le transfert de la sépulture ? Durant les années de disette, des milliers de gens profanent les tombes et s'emparent des vêtements des défunts : si les morts sont doués de conscience, pourquoi n'empêchent-ils pas la profanation, pourquoi ne font-ils rien lorsqu'on les dépouille ainsi de leurs vêtements, lorsqu'on les laisse nus dans la tombe ? Pourquoi ne se vengent-ils pas par la suite ? Mais il ne s'agit là que de petites gens, dont l'exemple ne suffit pas pour convaincre.

Le Premier Empereur des Qin fut enterré sous le mont Li[1], et, à la mort de [son fils] le Deuxième Empereur, des voleurs vinrent de tout l'Empire pour piller sa tombe : pourtant [le corps de l'empereur] se montra incapable de produire la moindre odeur, ou le plus petit feu, et ne put tuer personne. Il s'agissait pourtant du

---

1. Le mont Li : colline près de Xi'an. Rappelons que le tombeau du Premier Empereur a été en partie excavé, et qu'il constitue aujourd'hui l'un des hauts lieux du tourisme en Chine.

Fils du Ciel : si même celui-ci fut incapable de se transformer en esprit, alors comment l'impératrice Ding ou l'impératrice Fu, de simples femmes, auraient-elles été capables de tels prodiges ? Les phénomènes extraordinaires sont nombreux et se produisent dans des endroits très divers, mais il est faux de prétendre que ce feu et cette puanteur furent des manifestations des esprits des impératrices Ding et Fu.

POUR DES FUNÉRAILLES SIMPLES

(Bo zang)

(67)

Les Chinois ont de tout temps eu l'habitude de funérailles très dispendieuses, pratique qui se justifiait pour au moins deux raisons : tout d'abord, la croyance en une vie après la mort, durant laquelle le défunt aurait besoin de vêtements, d'objets, de nourriture, d'où la coutume de remplir les tombes de ces produits ; puis les devoirs de la piété filiale, qui imposaient de traiter les parents défunts avec les plus grandes marques de reconnaissance et de respect.

Dès la plus haute Antiquité, des auteurs s'insurgèrent contre le luxe des funérailles qui, bien souvent, laissait la famille du défunt sans ressources. Ce sont les moïstes qui s'opposent le plus fortement aux dépenses dans les funérailles, alors qu'ils sont les plus prompts à défendre l'idée d'une survie de l'âme — Wang Chong ne se prive pas de noter le paradoxe. Wang Chong ne croit pas à une vie après la mort : ses arguments en faveur d'une plus grande sobriété en matière funéraire sont, dès lors, autrement plus percutants que ceux de Mozi. Ce chapitre est l'un des mieux construits, et des plus réussis, du Lunheng.

§ 67/1

Les sages incitent tous à des funérailles simples et à de l'économie dans les dépenses. Mais l'époque est portée à des funérailles somptuaires, ce qui entraîne parfois une démesure dans les dépenses. Cela est une conséquence du manque de clarté des arguments des lettrés [confucianistes], ainsi que des idées erronées des moïstes. Dans leurs discussions, en effet, les moïstes font grand cas des fantômes et pensent que les morts se transforment en esprits ou fantômes, doués de connaissance, capables de prendre forme et de nuire aux gens ; ils en donnent pour preuve des cas comme celui de Du Bo [1]. Les lettrés ne sont

---

1. Les moïstes : c'est-à-dire les disciples du penseur Mo Di, également connu sous le nom de Mozi (env. 468-376 av. J.-C.), auteur d'une partie de l'ouvrage qui porte son nom, le *Mozi*.

pas d'accord et jugent que les morts ne sont pas
doués de conscience, qu'ils ne peuvent se transformer en fantômes, mais cela ne les empêche
pas de contribuer aux funérailles par de mul-
tiples dons et sacrifices, afin de montrer qu'ils
ne délaissent pas leurs morts, tout cela aux fins
d'édification des vivants. Sur ce sujet, Lu Jia
reprit les doctrines des lettrés et ne voulut
pas donner de réponse tranchée[1]. Liu Zizheng
adressa à l'empereur un mémoire dans lequel il
demandait des funérailles plus simples et insis-
tait sur la nécessité de dépenser moins, mais lui
non plus ne put trouver d'arguments définitifs[2].

Pour toutes ces raisons, les gens demeurent
dans le doute ; entendant autour d'eux des histoires comme celle de Du Bo, ou voyant que des
morts sortent souvent des tombes pour rendre

---

1. Lu Jia : penseur du début des Han, conseiller de l'empereur
Gaozu, auteur du *Xinyu* (*Nouveaux Propos*). Dans le *Xinyu* tel qu'il
nous est parvenu, il n'est pas question de funérailles.
2. Liu Zizheng : c'est-à-dire le célèbre penseur Liu Xiang
(77 ? - 6), spécialiste des Classiques et compilateur du *Xinxu*, du
Shuoyuan et du *Lienüzhuan*. La biographie que lui consacre le
Hanshu conserve le texte d'un mémoire dans lequel Liu Xiang
montre à l'empereur Chengdi l'inutilité de tombeaux fastueux et
de funérailles coûteuses. Dans ce chapitre, Wang Chong reprend
certaines des idées et formulations du mémoire de Liu Xiang.

visite aux malades à l'agonie, ils finissent par croire à toutes ces histoires et à considérer les morts comme des vivants. Ils s'inquiètent de la solitude du défunt dans la tombe, de l'isolement de son âme délaissée, du scellement et de l'enfouissement de la tombe, de l'absence de céréales dans celle-ci. Voilà pourquoi on les voit fabriquer des statuettes pour servir le cadavre dans son cercueil, ou enfouir de la nourriture pour complaire aux âmes des morts. Peu à peu, [ces pratiques] se développent et se répandent au point que certains se ruinent pour remplir le cercueil du défunt, ou vont jusqu'à tuer des gens afin qu'ils accompagnent le mort dans la tombe, tout cela pour satisfaire les attentes des vivants. Ils ne se rendent pas compte que toutes ces offrandes qui suivent les morts dans les tombes n'ont pour ces derniers aucune utilité, et ils rivalisent de largesses pour en imposer aux gens. Ils croient que les morts sont doués de conscience, qu'ils ne diffèrent en rien des vivants [sur ce plan]. Confucius s'opposa à ces idées, mais il ne donna pas de vérité définitive. Et Lu Jia ne trancha pas entre les deux [opinions]. Dans son mémoire, Yang Zicheng ne put pas non plus donner des preuves de l'idée des lettrés selon laquelle [les morts] ne sont pas doués de connaissance, ni exposer les motifs qui font que les moïstes croient le contraire.

Or les choses ne sont jamais aussi claires que lorsqu'elles sont prouvées, les discours, jamais aussi établis que lorsqu'ils sont démontrés. Un discours aura beau s'accorder avec la vérité, il ne parviendra pas à convaincre s'il ne se fonde sur rien. Pour cette raison, les gens croient sans réfléchir ceux qui leur parlent de malheur et de bonheur, ils redoutent les morts et ne craignent pas d'aller contre ce qui est juste, ils font grand cas des morts et en oublient les vivants, se dépouillant de tout ce qu'ils ont pour servir les esprits, dilapidant leur patrimoine pour rendre leurs derniers devoirs aux défunts. Si les argumentateurs et les lettrés pouvaient s'appuyer sur des preuves solides, à l'instar des moïstes qui se fondent sur le cas de Du Bo [pour prouver, eux, que les morts sont doués de conscience], alors ils pourraient montrer clairement que les morts ne sont pas doués de conscience, et ainsi la leçon selon laquelle il faut préférer des funérailles simples et l'économie dans les dépenses serait bien établie.

§ 67/2

Aujourd'hui, les moïstes s'opposent aux lettrés confucianistes, et ces derniers réfutent à leur tour les arguments des premiers : tous défendent leurs idées et se disputent dans le désordre, sans trouver d'accord sur cette difficile question, d'où les débats entre les deux écoles. Dans le monde, aucun mort n'est jamais revenu à la vie du fait de sacrifices ou de prières : il n'est donc pas possible de se faire une opinion définitive sur ces questions qui touchent à la vie et à la mort. De fait, l'état dans lequel sont les morts nous demeure caché, ils empruntent d'autres voies que les vivants, et, dans ce domaine, tout est flou et difficile à comprendre en profondeur. Dans l'impossibilité de décider si [les morts] sont doués de connaissance ou pas, on ne peut pas non plus tirer de conclusion quant aux revenants. Les érudits et les sages ont beau sonder le passé et le présent, parcourir les œuvres des Cent Penseurs et les analyser dans leurs moindres détails, ils ne parviennent pas à se faire une conception claire de ces choses. C'est seulement par son intelligence que le sage, en procédant par comparaisons entre choses du même genre, pourra parvenir à la réalité.

§ 67/3

Lorsque l'on juge sans concentration, sans idées claires, en se fondant sur les seules apparences extérieures, lorsque l'on se fie à ce que l'on entend ou voit au-dehors, au lieu de délibérer à l'intérieur [de soi], alors on juge avec les oreilles et les yeux au lieu de décider avec son intelligence[1]. Juger avec ses oreilles ou ses yeux, c'est discuter et prouver à partir d'illusions, c'est faire passer le vrai pour faux. Voilà pourquoi celui qui juge ne doit pas s'appuyer sur ses seuls yeux et oreilles, mais aussi sur son intelligence.

Dans leurs discussions, les moïstes n'examinent pas les choses en se fondant sur leur intelligence, ils se contentent de croire ce qu'on leur dit et ce qu'ils voient[2]; dès lors, même si leurs

---

1. Son intelligence : *xin yi*, soit, littéralement, «les idées de son cœur» — en Chine ancienne, le cœur est considéré comme le siège de l'intelligence.
2. Pour Mozi, «trois critères» (*san biao*, ou *san fa*) doivent être satisfaits pour qu'une idée ou une croyance soit juste : a. Elle doit avoir été respectée par les sages souverains de l'Antiquité; b. Elle doit se fonder sur des témoignages contemporains, visuels ou par

preuves et démonstrations semblent convain-
cantes, elles passent à côté de la vérité. Des
discussions qui manquent la vérité peuvent difficilement servir à l'édification des gens ; même
si elles peuvent gagner l'adhésion des plus sots,
elles ne s'accordent pas avec les opinions des
plus sages : les moïstes ont eu beau [s'opposer
à] des funérailles ruineuses, cela ne sert en rien
la société. Voilà sans doute pourquoi la doctrine
moïste ne s'est pas transmise jusqu'à nous [1].

§ 67/4

À Lu, on s'apprêtait à déposer la pierre *yufan*
dans le cercueil [de Ji Pingzi]. À cette nouvelle,
Confucius traversa sans détour la salle et [au
mépris des rites] gravit quatre à quatre les

---

ouï-dire ; c. Elle doit être utile (à la société). Ces critères font effectivement la part belle aux sens (et aux illusions de ceux-ci). Pour
ce qui est des revenants, l'argumentation de Mozi peut se résumer
de la manière suivante. Les revenants existent, parce que : a. Les
anciens rois y croyaient ; b. Les témoignages (contemporains) d'apparitions sont innombrables ; c. C'est une croyance utile, puisqu'elle incite à la vertu (les revenants frappant de malheur les
vivants qui agissent mal).
  1. Sous les Han, le moïsme en tant qu'école de pensée avait disparu ; mais certaines idées moïstes eurent une grande influence sur
la pensée de l'époque, et notamment sur celle de Dong Zhongshu.

marches pour faire des remontrances[1]. En traversant directement la salle et en gravissant ainsi les marches, Confucius contrevenait à l'étiquette, mais c'était pour prévenir un malheur. Bien des malheurs découlent en effet de la convoitise. La pierre *yufan* était un bien très précieux, propre à exciter la cupidité d'un indélicat au courant de sa présence dans le cercueil, et qui n'aurait pas hésité à aller contre la loi, à violer la tombe pour s'approprier ce trésor ! Confucius vit les conséquences très claires de cet événement [apparemment] insignifiant, voilà pourquoi, afin de prévenir ce malheur, il se précipita de la sorte et adressa sans détour sa remontrance[2].

1. D'après le *Zuozhuan* (« Duc Ding, 5ᵉ année »), à la fin du VIᵉ siècle de notre ère, Ji Pingzi chassa le souverain de Lu, le duc Zhao, et dirigea lui-même le pays de Lu, allant même jusqu'à utiliser les attributs normalement réservés au duc, dont la pierre précieuse *yufan* dont il est question ici. À la mort de Ji Pingzi, l'un de ses subordonnés voulut l'enterrer avec cette pierre, mais l'intendant de Ji Pingzi, Zhongliang Huai, refusa de la donner, afin de ne pas commettre un crime de lèse-majesté. Dans le *Zuozhuan*, il n'est pas fait mention de l'intervention de Confucius ; une telle intervention aurait cependant été bien dans les manières du Maître : le *Lunyu* nous le montre réagir violemment à l'occasion d'autres caprices de membres du clan Ji.

2. Si l'on en croit Wang Chong, Confucius serait intervenu par peur des voleurs : ses motifs auraient donc été très différents de ceux de Zhongliang Huai, dont l'opposition avait été dictée par le

Mais, en se contentant de la sorte de mettre les gens en garde contre le risque d'un viol de la sépulture, sans expliquer clairement que les morts sont dépourvus de conscience, on ne sera pas convaincant, même si l'on y met toute la sincérité d'un Bigan. Pourquoi cela ? Parce que les princes sont riches et ne s'inquiètent guère de la convoitise de voleurs, parce qu'ils sont puissants et ne craignent pas le viol des sépultures. Laissés dans le doute quant à l'état de conscience des morts, les fils des défunts, par piété filiale, préfèrent s'en tenir à des funérailles fastueuses. Si l'on pouvait leur expliquer clairement que les morts ne sont pas doués de conscience, que dès lors des funérailles fastueuses sont inutiles, si l'on parvenait à bien fixer les idées à ce sujet, à les rendre claires et recevables par tous, alors on cesserait de déposer des pierres

souci de ne pas enfreindre l'étiquette. Wang Chong suit la lecture du *Lüshi chunqiu*, interprétation qui sera reprise dans le *Kongzi jiayu* («Zigong»). Notons cependant que, dans ces passages du *Lunyu* où Confucius s'oppose aux extravagances des Ji, c'est avant tout parce qu'ils enfreignent l'étiquette : il faut donc sans doute comprendre dans un même sens son intervention lors de l'enterrement de Ji Pingzi, où l'étiquette était bafouée de manière particulièrement flagrante.

précieuses dans les tombes, et Confucius n'aurait pas eu à se précipiter pour adresser ses remontrances. Si Confucius n'a pas su faire passer son message, c'est parce qu'il n'a pas donné d'explication claire, se contentant de durcir le ton de ses remontrances. Non pas que Confucius ne comprît pas la réalité de la mort, mais il ne voulut pas se prononcer clairement, pour les mêmes raisons que Lu Jia [1].

Car, en affirmant que les morts ne sont pas doués de conscience, on court le risque de voir les sujets et les fils manquer à leurs obligations envers leur souverain ou leur père. C'est pour cela qu'il est écrit : «Lorsque les cérémonies de sacrifice dans les enterrements sont abandonnées, alors la vertu des sujets et des fils diminue. Si cette vertu diminue, alors on néglige les morts

---

1. Le *Shuoyuan* de Liu Xiang rapporte le dialogue suivant entre Confucius et son disciple Zigong : «Zigong demanda à Confucius : "Les morts sont-ils, oui ou non, doués de connaissance?" Confucius répondit : "Si je disais que oui, je craindrais que des fils trop filiaux ne nuisent aux vivants pour enterrer leurs morts ; et si je disais que non, j'aurais peur que des fils et petits-fils manquant de piété filiale n'abandonnent leurs défunts sans sépulture. Tu veux savoir si les morts sont capables de connaissance ou non ? Attends donc tranquillement de mourir pour le savoir, il ne sera pas trop tard!" »

et on oublie les ancêtres. Et si l'on néglige les morts et oublie les ancêtres, les atteintes à la piété filiale se multiplient.» Les sages craignent de nuire à la piété filiale, voilà pourquoi ils n'expliquent pas clairement que les morts ne sont pas doués de conscience.

[Cependant,] les morts et les vivants appartiennent à des sphères différentes et séparées. Si l'on traite avec largesse les vivants, la morale ira de soi. Même si l'on enterre avec plus de simplicité les morts, en quoi cela nuira-t-il à la morale? Si les morts étaient doués de conscience, il serait mauvais de négliger leurs funérailles; mais s'ils ne sont pas doués de conscience, en quoi cette négligence peut-elle avoir des conséquences? Expliquer clairement que les morts ne sont pas doués de conscience n'entraîne donc pas forcément de conséquences funestes pour les morts, alors que l'on sait par tant d'exemples passés à quel point ce défaut d'explication a été ruineux pour les vivants.

§ 67/5

Un bon fils qui s'occupe de ses parents malades devra, tant que ceux-ci sont en vie, faire appel au devin ou au médecin, en espérant que les devins sauront chasser le malheur, ou que les remèdes produiront quelque effet. Mais, une fois que ses parents sont décédés, le devin aura beau être aussi sagace que Wuxian[1], le médecin, aussi excellent que Bian Que, ils n'arriveront pas à les faire revenir à la vie. Pourquoi cela ? Parce qu'ils savent que les morts ont épuisé leurs fluides, et que leurs efforts n'auront aucun effet. Soigner les défunts ne sert à rien : mais en quoi des funérailles somptuaires diffèrent-elles [de soins dispensés à des défunts] ? En négligeant les morts, on craint de nuire à l'édification du peuple : mais pourquoi ne craint-on pas d'aller contre la bienséance en refusant aux morts les services des médecins ou des devins ?

Les parents vivants occupent [les sièges] les plus élevés de la salle centrale ; une fois morts, on les relègue au fond des Sources Jaunes. Personne ne vit dans les Sources Jaunes et pourtant nul n'hésite à y enterrer les morts, parce que les

---

1. Wuxian : selon la tradition, célèbre devin qui aurait vécu à l'époque de l'empereur Huangdi, à l'époque Xia, ou à l'époque Shang, selon les sources.

défunts n'ont plus rien à voir avec les vivants, et demeurent dans des endroits différents de ceux-ci. Si, pour ne pas négliger ses parents défunts, on devait les traiter comme des personnes encore en vie, alors il faudrait les enterrer dans les maisons elles-mêmes, à côté des vivants ! On n'affirme pas clairement que les morts ne sont pas doués de conscience par crainte de voir les gens négliger leurs devoirs vis-à-vis de leurs parents, mais on n'hésite pas à enterrer ceux-ci dans les Sources Jaunes : ne devrait-on pas avoir quelques scrupules à abandonner ainsi ses ancêtres ?

Un bon fils se démènera dans tous les sens pour tirer de prison un parent dont la culpabilité n'a pas encore été établie. Mais, une fois la culpabilité de ce parent établie, une fois la sentence tombée, il aura beau être filial comme Zengzi ou Min Ziqian[1], il n'en sera pas moins dans une impasse, et il ne lui restera plus qu'à s'asseoir et à se lamenter. Pourquoi cela ? Parce

---

1. Zengzi, ou Zeng Shen (env. 505-436 av. J.-C.), et Min Ziqian (env. 536-487) : deux disciples de Confucius, réputés pour leur piété filiale.

qu'il sait qu'il ne lui sert plus à rien de s'agiter et de se donner du mal. Quelle différence y a-t-il entre les âmes des morts dont on ne connaît pas le sort, et un parent emprisonné et reconnu coupable, qu'on ne peut sauver ? On n'affirme pas clairement que les morts ne sont pas doués de conscience par crainte de voir les gens négliger leurs devoirs vis-à-vis de leurs parents, mais ne devrait-on pas alors éprouver des scrupules à se désintéresser du sort de ses parents sous prétexte que leur culpabilité est établie ?

Si tel précepte du sage sert à l'édification des foules, on ne l'abandonne pas, même s'il ne s'agit que d'un précepte de peu d'importance ; s'il n'a aucune utilité politique, on n'y souscrira pas, quelle que soit la grandeur de ce précepte. Mais en quoi le fait de traiter avec largesse les morts ajoute-t-il à la gratitude [qu'on leur doit] ? Et en quoi le fait de négliger les morts en ne leur organisant pas des funérailles somptuaires va-t-il à l'encontre de la reconnaissance [qu'on leur doit] ?

§ 67/6

Confucius estimait encore que même si les objets funéraires qui accompagnent le mort dans la tombe ne sont pas parfaitement [ressemblants], ils suffisent à manifester la gloire des morts. Les *yong* sont des statuettes funéraires ressemblant à des personnes vivantes [1]. Lorsqu'à Lu, on enterra ces statuettes avec les morts, Confucius soupira, affligé parce qu'il craignait que cette pratique n'annonçât celle d'enterrer des personnes vivantes avec les morts [2]. Si l'on traite [les morts] comme les vivants, en mettant à leur disposition des objets, cela ne veut pas dire que [les morts] soient semblables aux vivants : cette pratique a un but éducatif [et il n'est donc pas nécessaire de mettre à la disposition des morts des objets réels]. [Confucius] redoutait que l'usage de figurines à forme humaine dans les tombes ne débouchât sur le

---

1. *Yong* : les *yong* sont des figurines à forme humaine, alors que les *mingqi* représentent des objets courants.
2. En réalité, l'évolution fut inverse. La pratique d'enterrer avec le défunt des membres de sa famille, des serviteurs, des soldats, est bien attestée à l'époque Shang. Elle disparaît dans la règle à l'époque des Printemps et Automnes : peu à peu, les êtres humains sont remplacés par des figurines (*yong*).

sacrifice d'êtres vivants ; mais pourquoi n'a-t-il pas craint que les objets funéraires qui accompagnent les morts dans la tombe ne fussent pas un jour remplacés par de véritables objets ? Il était soucieux de couper court à une pratique qui risquait de coûter des vies humaines, mais il n'en empêcha pas une autre qui menait à la dilapidation des biens. Voilà qui est attacher de l'importance aux humains et faire fi du gaspillage, voilà qui est se soucier des hommes et ne pas penser à l'État : c'est là que réside l'erreur des textes et de la doctrine [confucianistes].

§ 67/7

Lorsque l'on répare une digue endommagée, on bouche complètement les brèches, afin d'empêcher tout écoulement d'eau. Si l'on ne bouche pas complètement ces brèches, l'eau continuera de couler, et cela entraînera des conséquences désastreuses. Si, lorsque l'on discute de la mort, on ne dit pas tout, alors les rites dispendieux des funérailles ne cesseront pas, d'où gaspillage et dilapidation de richesses entraînant une extrême misère pour le peuple, et pouvant provoquer la perte de l'État[1].

§ 67/8

Pour aider le pays de Yan, Su Qin incita les gens de Qi à élever de hautes et grandes tombes, et à les remplir de très riches objets funéraires ; lui-même tirait la corde du cercueil, afin d'encourager encore leur zèle. Alors les richesses s'épuisèrent et le peuple s'appauvrit, le pays se ruina et les armées s'affaiblirent. Lorsque l'armée de Yan attaqua, Qi n'avait plus rien pour se défendre, le pays fut anéanti et les murs détruits, le souverain s'enfuit et le peuple se dispersa[2]. En n'expliquant pas clairement que les morts ne sont pas doués de conscience, on incite le peuple à se ruiner lui-même en enterrant ses morts, et l'on provoque un malheur qui ne diffère en rien de celui que Su Qin provoqua par son perfide stratagème.

---

1. En Chine ancienne, bien des renversements de dynasties furent la conséquence de famines ou de disettes.
2. Su Qin : homme politique du début du IIIe siècle avant notre ère, surtout célèbre pour avoir incité les autres États à s'allier contre la puissance montante du royaume de Qin. L'attaque de Yan eut lieu en 284 av. J.-C.

§ 67/9

Les discours des moïstes sont contradictoires : d'un côté, ils sont favorables à des funérailles simples, mais, de l'autre, ils honorent les fantômes, et donnent des preuves de leur existence. Ils citent par exemple le cas de Du Bo : si Du Bo, qui était mort, apparut sous la forme d'un fantôme, cela implique que les morts sont effectivement doués de conscience. Mais si les morts sont doués de conscience et qu'on les enterre dans le plus grand dénuement, on s'attirera leur colère. [En effet,] par nature, [les hommes] goûtent le luxe et n'aiment pas le dénuement : à quoi sert-il d'honorer les fantômes, si l'on s'attire la rancœur des morts en les enterrant de manière trop misérable ? Si les fantômes ne sont pas le résultat d'une métamorphose après la mort, alors [les moïstes] sont dans l'erreur en tenant l'histoire de Du Bo pour vraie ; et si les fantômes sont le résultat d'une métamorphose des morts, alors les moïstes se trompent en prônant des funérailles simples. Leur théorie et leur pratique se contredisent, prémisses et conclusions se contredisent, voilà pourquoi leur point de vue est faux. Lorsqu'une doctrine ne sépare pas clairement le vrai du faux, elle est impraticable.

§ 67/10

À la suite de cette [discussion,] les gens peuvent se faire une idée complète de la question, et ainsi opter pour des funérailles simples.

DÉCOUVREZ LES FOLIO 2 €

Parutions de mai 2006

J. AUSTEN   *Lady Susan*

Grande dame du roman anglais, Jane Austen trace le portrait très spirituel d'une aventurière, dans la lignée des personnages d'*Orgueil et préjugé* et de *Raison et sentiments*.

BOILEAU-NARCEJAC   *Au bois dormant*

Une histoire de revenants aussi subtile qu'efficace par les écrivains qui inspirèrent à Clouzot et Hitchcock leurs plus grands films.

A. CAMUS   *L'été*

Un court recueil de textes lyriques et passionnés pour voyager de l'Algérie à la Grèce en passant par la Provence.

P. K. DICK   *Ce que disent les morts*

Grand écrivain de l'imaginaire, Philip K. Dick abolit les frontières entre la vie et la mort, la réalité et la fiction.

A. DUMAS   *La Dame pâle*

Une étrange histoire pleine de romantisme et de fantastique où l'angoisse le dispute au romanesque...

N. GOGOL   *Une terrible vengeance*

Dans la Russie des fiers Cosaques, Gogol nous entraîne au plus profond du cœur des hommes, là où se dissimule le Mal.

H. MELVILLE   *Les Encantadas, ou Îles Enchantées*

Dans une suite d'esquisses, l'auteur de *Moby Dick* nous entraîne dans un voyage poétique et exotique.

PIDANSAT DE MAIROBERT   *Confession d'une jeune fille*

Grand classique de la littérature érotique, ce court roman est un hymne à la beauté du corps féminin et à ses mystères.

WANG CHONG   *De la mort*

Qu'il traite du déterminisme du *qi*, de la réalité des fantômes ou de l'organisation des funérailles, Wang Chong offre une réflexion lucide, débarrassée des superstitions et des peurs.

M. YOURCENAR   *Le Coup de Grâce*

Marguerite Yourcenar renouvelle le thème du triangle amoureux dans cette somptueuse et tragique histoire d'amour.

Composition Bussière.
Impression Novoprint
le 5 avril 2006.
Dépôt légal : avril 2006.

ISBN 2-07-033811-8./Imprimé en Espagne.

142566